행복 보따리

행복 보따리

초판 1쇄 인쇄일 2013년 12월 9일
초판 1쇄 발행일 2013년 12월 13일

지은이 채우정 · 채원정
펴낸이 양옥매
디자인 오현숙
교정 조준경

펴낸곳 도서출판 책과나무
출판등록 제2012-000376
주소 서울특별시 마포구 월드컵북로 44길 37 천지빌딩 3층
대표전화 02.372.1537　**팩스** 02.372.1538
이메일 booknamu2007@naver.com
홈페이지 www.booknamu.com
ISBN 978-89-98528-80-5(03800)

이 도서의 국립중앙도서관 출판시도서목록(CIP)은 서지정보유통지원 시스템
홈페이지(http://seoji.nl.go.kr)와 국가자료공동목록시스템
(http://www.nl.go.kr/kolisnet)에서 이용하실 수 있습니다.
(CIP제어번호 : CIP2013026420)

행복 보따리

다섯 식구가 티격태격하기도 하고 서로 보듬어 안아주면서 살아가고 있답니다

채우정 · 채원정 지음

쌍둥이로 태어난 것을 그 무엇보다 행운이라고 여기며 사는 쌍둥이 자매 채우정 · 채원정입니다. 마냥 계획만 세우고 미뤄왔던 큰 계획 하나가 드디어 이루어졌네요.

요즘은 쌍둥이를 많이 볼 수 있지만, 저희가 어렸을 땐 좀처럼 쌍둥이를 보기가 쉽지 않았죠.

전교에 1~2쌍 정도 있었던 것 같아요.

어렸을 땐 일반적이 아닌 조금 특별한(?) 나랑 비슷한 사람이 또 있다는 사실과 자꾸 사람들이 쳐다보는 시선에 쌍둥이가 싫었던 적도 있었지만, 지금 생각해 보면 좋은 점도 많다고 생각합니다.

우리 가족을 소개하자면 자칭타칭으로 강동구에서 알아주는 미남으로 유명하신 아빠와 미모라면 빠지지 않는 엄마, 그리고 두 쌍둥이 동생의 기에 눌려 살아온 언니와 저희 쌍둥이 자매로 딸 부잣집입니다. 이렇게 다섯 식구가 티격태격하기도 하고 서로 보듬어 안아주면서 살아가고 있답니다.

저희는 이 책에 쌍둥이의 27년 인생.

아빠 · 엄마와의 쌓은 하루하루의 추억, 아프신 아빠를 향한 진솔한 마음을 용기내서 담담히 적어 보았습니다. 부끄럽고 미숙한 글이지만 읽으면서 미소가 지어지는 그런 책이 되길 바랍니다.

2013년 12월 채우정 · 채원정

목차

1장

쌍둥이 이야기

쌍둥이로 태어난 것을 그 무엇보다 행운이라고 여기며 사는
쌍둥이 자매 채우정 · 채원정입니다. 마냥 계획만 세우고 미뤄왔던
큰 계획 하나가 드디어 이루어졌네요.

서로가 서로를 소개합니다

우정이는요—

우정이는 원정이와 뱃속부터 함께한 뱃속 친구입니다.

우정이는 원정이보다 2분 빨리 태어나 언니가 되었습니다.

우정이는 원정이가 동생이라고 양보를 많이 해주었던

'착한 언니'입니다.

우정이는 리더십 있게 행동하여 맡은 일에 책임감을 갖는

'똑똑이'입니다.

우정이는 원정이와 비슷하기도 하고 다르기도 한 사람입니다.

원정이는요—

원정이는 우정이와 뱃속부터 함께한 뱃속 친구입니다.

원정이는 우정이보다 2분 늦게 태어나 동생이 되었습니다.

원정이는 우정이가 언니라고 배려를 해주는 '착한 동생'입니다.

원정이는 알뜰살뜰 절약하고 꼼꼼히 계획하며 소비하는

'똑순이'입니다.

원정이는 우정이와 비슷하기도 하지만 다르기도 한 사람입니다.

우정이는 원정이와 뱃속부터 함께한

나의 뱃속 친구입니다

우정이는요

원정이는요

1인 2역

초등학교 1학년 입학 당시 많은 학습 준비물 중 하나가 증명사진이었다. 생활 기록부에 붙여져 평생 학교 기록으로 남는 서류에 필요한 사진 말이다.

어렸을 때는 머리부터 발끝까지 똑같이 하고 다녀서 그런지, 지금보다 똑같다는 얘기를 많이 들었다. 덕분에 우리는 한 사람이 대표로 사진을 찍어서 두 사람인 마냥 각각 제출했다.

두 가지 표정으로 촬영 가능한 증명사진 기계에서 한 번은 활짝 웃는 얼굴로. 다른 한 번은 옅은 미소를 지으며 사진을 찍은 것이다. 아직도 한 사람의 얼굴이 두 사람의 생활기록부에 붙여져 있을 것이다.

쌍둥이기에 가능한 일, 쌍둥이기 때문에 할 수 있는 일인 것 같다.

세상에 또 하나의 내가 있다는 사실이 신기하면서 마음 한 편이 든든해진다.

***

같은 반 다른 알림장

우리는 초등학교 1학년 때부터 6학년까지 줄곧 같은 반을 했었다.

덕분에 같은 반이 된 친구들과 담임 선생님까지 학기 초에는 모두 혼란스러워 하였다.

엄마는 같은 학년의 딸이 서로 다른 반이면 두 반을 다 챙겨야하기 때문에 힘드셨을 텐데 다행히 우린 같은 반이 되어서 좋아하였다.

하지만 엄마는 또 다른 문제로 힘들어하셨다. 그건 바로 우리의 '알림장'이었다.

고학년이 되어서는 스스로 숙제나 준비물을 챙겼지만, 저학년일 때는 학교에 챙겨갈 준비물이나 해야 할 숙제들을 엄마가 검사하고 준비해 주셨다.

우리의 문제는 거기서 발생하였다. 분명 선생님이 칠판에 써주신 알림장을 보고 적어 왔는데. 둘의 알림장 내용이 서로 달랐던 적이 한 두 번이 아니었다.

칠판에 적힌 알림장을 보고 적는 과정에서 숙제를 내 주신 교과서의 페이지를 잘못 적어 오거나 현장학습 체험일을 서로 다른 날로 적이 오는 등 한 두 글자 차이로 우리 자매는 엄마를 혼란스럽게 하였다. 결국 같은 반에 있는 다른 친구의 알림장 내용을 통해 정확한 정

15 ·

1장 쌍둥이 이야기

보를 확인해 보아야 했다.

　그 순간에도 서로 자기의 알림장이 맞다며 티격태격하던 우리의 어린 시절 모습이 그리워진다.

티격태격하던
우리의 어린 시절 모습

쌍둥이, 모범어린이 되다

초등학교 3학년 때의 일이다.

3학년의 첫 개학날.

그날도 어김없이 엄마의 손길로 조금은 화려하
고, 또 특이하게 머리끝부터 발끝까지 똑같이 하고
학교에 등교했을 것이다. 역시나 우린 3학년이 되어
처음 만난 담임 선생님 눈에 확 띄게 되었다. 얼굴도
똑같이 생긴데다 옷도 똑같으니 선생님이 보시기엔 특
이한 학생이었을 것이다.

눈에 띄게 된 쌍둥이 자매. 우리는 학기 초에 학급 반장을 선출하
기 전 임시 반장을 맡게 되어 선생님 심부름을 도맡아 하였고, 선생
님은 심부름을 야무지게 해내는 우리 자매를 예쁘게 봐주셨다. 우리
도 예뻐해 주시는 선생님께 보답하듯이 학급에서 봉사를 시작하였는
데 선생님이 다 마시고 난 컵을 설거지해 놓거나 걸레를 빨아 교실
곳곳을 청소하고, 점심 배식이 끝나면 세제로 배식대를 청소하는 일
도 도맡아 하였다. 지금 생각해 보면 10살밖에 안 된 아이들이 어떻
게 그랬을까 싶다. 우리는 이런 봉사를 일회성으로 끝내지 않고 꾸준
히 열심히 했었다.

그 덕분에 우리는 그해 어린이날 기념 '모범어린이상'을 받게 되었는데, 모범어린이상은 기본예절이 바르고 친절, 질서, 청결, 봉사 등의 덕목을 잘 실천하는 어린이들을 대상으로 각 반에서 한 명씩 담임 선생님의 추천으로 받게 되는 상이었다.

우리 쌍둥이 자매가 모범어린이상을 받는데 있어 한 가지 문제가 생겼다. 이 상은 교내에서 주는 상이 아닌 외부에서 주는 표창장이었는데, 각 반에서 한 명씩만 선발하여 수상하도록 되어 있었기 때문이다. 담임 선생님은 우리 둘에게 그 상을 주려고 하셨지만 수상자는 각 반 1명. 우리는 2명이었기 때문에 선생님의 고민이 크셨다.

하지만 결과를 말하자면 우리 둘 다 그 상을 받을 수 있었다.

대신 우리 옆 반 친구들은 그 상의 존재를 모른 채 수상자 없이 우리 반에 양보하게 된 것이다. 상을 받으려고 한 행동들은 아니었지만 '상'이라는 것, 역시 받으면 기분이 좋아지는 것 같다.

'우리가 이렇게 학교생활을 잘 하고 있어요.'를 증명하듯 엄마 아빠한테 마음껏 자랑했었던 기억이 남는다. 공부를 열심히 하는 것도 학교생활을 하는 이유가 되겠지만. 쌍둥이의 3학년 시절처럼 학급에 '봉사'의 경험을 통해 한 계단 성장하는 것이 아닌가 하는 생각이 든다.

춤추는 쌍둥이

우리 자매는 학창시절 연예인을 좋아해서 콘서트장을 따라다니거나 가요 프로그램을 챙겨 보는 유형은 아니었다. 가수의 노래를 즐겨 부르지도 않았고, 춤을 따라하는 것에도 관심이 없었다.

하지만 초등학교 4학년 학교에서 스카우트 활동을 하면서 수련회 때 선보일 조별 장기자랑을 준비하게 되었다.

뻣뻣한 몸치 쌍둥이가 가수의 춤을 흉내 내게 된 것이다.

물론 단체로 같이하고 춤이라기 보단 초등학교 4학년 학생들의 율동에 가까웠지만, 함께 연습하고 준비하는 과정은 새로운 경험이라 재미있었다. 덕분에 지금은 활동하지 않지만 가수 'UP'의 '뿌요 뿌요'라는 노래에 맞춰 춤을 출 수 있게 된 것이다.

단체로 준비한 장기자랑 연습 덕분에 우리에게도 하나의 장기가 생겼다. 그렇게 수련회 장기자랑을 마치고 몇 주 후 동네 모 백화점에서 장기자랑 행사가 있었다.

출연만 해도 상품을 준다는 말에 혹해서 그동안 연습했던 춤이라고 하기엔 애매한 춤으로 우리 둘은 용기를 내어 백화점 앞 상설무대에 섰다.

결과는 아차상, 상품은 전기밥솥!

뻣뻣한 몸치 쌍둥이가 나가서 받아온 영광스러운 상품은 마침 밥솥이 고장 났던 할머니께 선물로 드렸다.

지금은 더 좋은 상품을 준다고 해도 못 할 것 같은데, 어렸을 때의 쌍둥이는 참 용감했던 것 같다.

살벌했던 어린 시절

사람들은 우리 둘을 보며 사이가 좋아 보인다고 많이들 말씀하신다. 잘 싸우지 않고 지낼 것 같다고, 절대 심심할 일은 없을 것 같고 말이다.

요즘의 우리로 말하자면 싸울 일도 별로 없고, 싸우고 나면 서로가 답답하고 심심하기 때문에 잘 싸우지 않게 된 것이지, 어렸을 때부터 서로를 위하고 양보하는 착하기만 한 쌍둥이는 아니었다.

우리 자매는 어렸을 때 작은 일에도 참 열심히, 최선을 다해서 싸웠다. 지금 생각해 보면, 그렇게 싸울 일들이 있기는 했나? 싶지만 말이다.

우리는 한번 싸우면 머리 잡아당기기, 할퀴기, 물기, 꼬집기, 때리기 등 다양한 싸움 기술을 선보였고, 간혹 '피'를 보는 적도 있었다.

지금의 모습에선 찾아볼 수 없지만, 어릴 때의 쌍둥이는 꽤 살벌한 쌍둥이였다.

왈가닥 둘째 – 원정이가 폭로합니다

나는 어렸을 때 쉽게 생떼를 많이 부려서, '고집불통에 뺀질이'라는 별명을 가진 알아주는 말썽꾸러기였다면, 우정 언니는 인정할 순 없지만 나에 비해서는 그나마 얌전한 편에 속했다.

아마도 자리가 사람을 만든다고 나보다 2분 먼저 태어난 언니라고 그랬던 것 같다. 하지만 알고 보면 우정 언니도 나 못지않은 화려한 '사고뭉치' 경력을 자랑한다. 아마도 그 이야기를 다 적어내자면 지면이 모자를 지경이니 간추려서 두 가지만 적어 보려고 한다.

첫 번째 이야기

우리 자매는 초등학교 입학과 함께 수영을 배우기 시작하였다.

한 가지를 시작하면 꾸준히 하던 편인 우리는 수영을 좋아했다.

수영 수업을 마친 초등학교 2학년의 어느 날, 우리에겐 10분여의 자유시간이 주어졌는데 마침 옆에 있던 한 남자 아이가 뒤 돌아 선 채로 뛰어들어가 다이빙을 하는 것이 우리의 눈에 포착되었다.

재미있어 보이는 것은 꼭 따라 해야 하는 우리 둘은 그 아이를 따라 거꾸로 뛰어 들어가 물에 빠지기를 반복하였다.

뛰어가고 물에 빠지기를 하던 중 우정이가 수영장 물 밖으로 나오면서 훌쩍이고 있었다. 그만 물에 들어가다 수영장 벽에 턱을 부딪치고 만 것이다.

처음에 훌쩍훌쩍하다 턱 밑으로 흐르는 피를 보고 대성통곡을 하는 우정이를 보고 무서움에 나도 따라 울었던 기억이 난다. 무모한 장난의 결과는 우정이 턱 밑의 일곱 바늘의 꿰맨 자국을 남겼다.

우리 자매는 여자아이 치고 참 피를 자주 보는 귀여운(?) 개구쟁이였던 것 같다.

두 번째 이야기

사건의 발달은 우정 언니의 힘자랑에서 비롯되었다.

고등학교 2학년 예고를 다녔던 우리는 전공별로 정기 연주회를 했었고, 그 주축은 2학년이 되어 연주회를 준비하게 되었다. 우리 학년이 준비한 곡에는 신시사이저가 필요하였는데, 학교에 준비되어 있지 않아 우리들이 낙원상가를 가서 직접 대여를 해야 했다.

국악부 친구들과 나, 우정 언니 이렇게 여학생 다섯 명이 악기를 빌리러 갔는데, 악기는 키보드 외에 스피커와 받침대까지…… 짐이 꽤 되었다.

여러 상점과의 비교 끝에 가까스로 악기를 대여한 후 다시 학교로 돌아오는 길. 내려야 할 역의 안내방송을 듣고 함께 악기를 들고 내릴 때 우정언니가 말했다.

우정 : "같이 들고 내리면 번거로우니까 내가 들고 내릴게. 나 힘세서 혼자 할 수 있어."

그리고 난 후 지하철 문이 열리고 그 무거운 스피커를 혼자 들고 내리다 그만 시각 장애인용 보도블록에 바퀴가 걸리면서 넘어졌다.

넘어지면서 우정 언니의 오른손 세 번째 손가락이 맨 아래 깔리고 그 위에 무거운 스피커와 육중한 우정 언니가 넘어졌다. 즉 우정 언니의 세 번째 손가락이 스피커와 우정언니의 몸에 깔린 것이다.

깔렸던 세 번째 손가락에서 피를 흘리며 부들부들 떨리는 손을 부여잡고 근처 정형외과로 달려가 엑스레이를 찍었다.

의사선생님이 말씀하시길,

의사 : "손가락뼈가 비스킷을 밟아 조각난 것처럼 부러졌네요. 지금 뼈의 상태는 부러졌다기보다는 부서졌다고 하는 게 맞는 것 같아요."

결국 우정언니는 빠른 치료를 위해 큰 병원에서 수술을 받고 전치 8주의 진단을 받았다. 지금 생각해도 가슴 쓸어내리게 하는 우정언니의 무식한(?) 힘자랑 이야기이다.

사고뭉치 막내 – 우정이가 폭로합니다

나랑 원정이는 2분 차이 쌍둥이 자매다.

태어난 연도, 달, 날짜 모두 같지만 그래도 집안 서열은 내가 둘째 딸, 막내는 2분 동생 원정이가 된 것이다.

우리 사고뭉치 막내 원정이는 골목에서 알아주는 골목대장일 정도로 씩씩했고, 그만큼 그녀의 어린 시절은 파란만장했다.

지금부터 남들이 겪지 않는 사고 아닌 사고(?)를 여러 번 쳤었던 우리 원정이의 어린 시절을 폭로한다.

첫 번째 이야기

공주를 주인공으로 하는 만화가 여자 아이들의 마음을 설레게 하던 어린 시절, 우리 원정이도 자신이 공주라는 착각에 빠져 있었다.

그러던 중 어느 날부터인가 왕관을 쓴 공주 흉내를 낸다며 머리띠를 이마에 꽂고 다니며 좋아라 했다. 하지만 그 당시에는 원정이의 그런 행동이 얼마나 위험한지 아무도 예상할 수 없었다.

사건의 발단은 이렇다.

처음엔 왕관처럼 쓴 머리띠가 신경 쓰였지만 노는데 집중한 나머지, 이마에 머리띠가 꽂혀 있던 것을 까맣게 잊어버리고 그만 벽에 이마를 부딪치고 말았다. 아파서 우는 우리 원정이의 이마엔 머리띠 자국대로 열두 개의 구멍이 숭숭숭숭, 피가 주루루룩.

머리띠의 톱니가 이마에 박혀 구멍이 생기고, 그 사이에서 피가 흐르는 진풍경을 만들어낸 원정이었다.

두 번째 이야기

우리 원정이만큼 특이한 곳을 다치는 아이는 드물 것이다.

우리가 어렸을 때 집에서 사용한 책상엔 잘 기억은 나지 않지만 장식으로 긴 막대가 붙어 있었다. 아마 마감 장식용 막대였을 것으로 추측된다.

극성이라면 빠지지 않는 쌍둥이와 언니까지, 세 딸이 사용하는 책상은 낡고 너덜너덜해졌고 급기야 그 마감 장식의 긴 막대까지 장식의 역할을 하지 못하고 떨어지고 말았다.

그 막대를 포착한 원정이. 막대를 입에 물고 다니다 그만 넘어지고 만 것이다. 대성통곡 하는 원정이의 입 안에는 피가 한가득 이었는데 넘어지면서 막대가 입천장을 찢어 놓은 것이다.

지금은 '으이그!' 하면서 웃으며 넘어갈 수 있는 일들이지만, 아마도 당시에 엄마 가슴을 여러 번 쓸어내리게 하였을 것이다.

쌍둥이라 행복해요

어렸을 땐 쌍둥이라서 좋은 점과 안 좋은 점을 물어 보면 안 좋은 점이 더 많았다. 우리 둘 다 좋아하는 아이스크림을 먹는데도 경쟁을 해야 했고, 생일 선물이나 용돈은 언니의 반절씩 받았다.

또 거리를 다니면 느껴지는 사람들의 시선이 부담스러웠다. 패션 감각이 남달랐던 엄마는 우리가 어렸을 때 예쁘게 잘 꾸며서 입혀 주셨는데, 이 때문에 쌍둥이인 우리가 더 돋보인 게 아닌가 싶다.

하지만 조금 성장해 보니 우린 쌍둥이로 태어날 수 있던 것이 아주 큰 축복이자 행운이라고 생각한다.

평생 내 편이 되어 주는 친구가 있다는 것, 정말 든든하다. 특히 우리는 전공과 직업도 같아서인지 서로에게 더 의지하고 도움을 주고 또 도움을 받는다.

학창시절 일 년에 네 번씩 시험을 치러야 했던 1·2학기 중간고사와 기말고사 시험 기간 때마다 둘은 과목을 정해 놓고 한 번은 선생님이 되고 다른 한 번은 학생이 되어 시험범위를 가르쳐 보는 것으로 복습을 하기도 하고, 시험 문제를 내서 풀어 보도록 하였다. 이 방법은 정말 효과 만점이었다.

요즘도 학교 수업을 하면서 아이들에게 좋은 지도법이나 수업 자료가 있으면 서로에게 알려주고, 고민 되는 수업이 있으면 같이 고민하고 연구해서 서로가 서로에게 도움이 되는 역할을 한다.

피를 나눈 동기이자 평생 친구가 되어주는 우리. 그래서인지 우린 쌍둥이로 선택 받아 태어난 것에 대해 감사함을 느낀다.

피를 나눈 동기이자 평생 친구가 되어주는 우리

✳ ✳ ✳
그래서 너희가 쌍둥이인 거야

원정이가 다리미에 다리를 데어 오면,
우정이는 밥솥에 팔을 데어 왔답니다.

원정이가 넘어져서 무릎이 깨져오면,
우정이도 어디선가 무릎을 다쳐 왔답니다.

원정이가 아파서 병원에 입원하면,
가족들은 우정이가 열나지 않게 더 주의를 했지만
우정이도 원정이가 퇴원하는 날 그 병원으로 입원을 했답니다.

오늘밤 원정이가 물놀이 하는 꿈을 꾸었다면,
우정이도 그날 밤 꿈에서 물놀이를 했답니다.

원정이가 수학문제 5번을 틀리면
우정이도 똑같은 답으로 5번 문제를 틀렸답니다.

징그러울 만큼 꼭 닮은,

그리고 아직도 점점 닮아가는 우리 둘.

"그래서 너희가 쌍둥이 인거야."

그래서 너희가
쌍둥이 인거야

✳✳✳
우리도 가끔은

우리 나이 27살.

우리도 가끔은 친구들을 만나서 집 걱정 없이 신나게 놀아 보고 싶다.

우리도 가끔은 배낭 하나 메고 계획 없이 우리나라 곳곳을 여행해
보고 싶다.

우리도 가끔은 모아 놓은 돈으로, 배우고 싶었던 것을 위해 맘껏
써 보고 싶다.

우리도 가끔은…… 일탈을 꿈꾼다.

2장
·
아빠 이야기

우리 아빠는 강동구 꽃미남이십니다. 외모면 외모, 노래면 노래, 유머면 유머.
어디 하나 빠지는 부분 없는 아주 멋진 분이십니다.

✳ ✳ ✳
우리 아빠는요

우리 아빠는 강동구 꽃미남이십니다.

외모면 외모, 노래면 노래, 유머면 유머.

어디 하나 빠지는 부분 없는 아주 멋진 분이십니다.

아빠에게 아빠의 나이가 오십이 넘었다고 말해서는 안 됩니다.

시간이 흐른 것을 잘 모르시는 아빠는 나이가 들어가는 사실을 인
정하지 않으시기 때문입니다.

아빠 앞에서 맛있는 음식을 먹어서는 안 됩니다.

연하장애(삼킬 때 사용되는 근육이 점점 마비되어서 제 기능을 하기 어렵기 때
문에 음식물이 입안에 남아 있거나 식도가 아닌 기도로 넘어가게 되는 장애)로 음
식을 드시지 못하는 아빠에게 음식 먹는 모습을 보는 것은 괴로운 일
이 되기 때문입니다.

아빠에게 딸들은 항상 어린 학생이어야 합니다.

아빠의 기억 속에 딸들은 아빠에게 애교 부리고 아빠에게 의지하는
어린 딸들이기 때문입니다.

아빠가 주무시고 깰 시간에는 항상 아빠 곁을 지켜야 합니다.

아기가 되어 버린 아빠는 주무시다 눈을 떴을 때 주위에 아무도 없는 것에 쉽게 놀라기 때문입니다.

아빠가 하시는 욕을 들어도 감사함 마음을 가져야 합니다.

아빠가 욕을 한다는 것은 그만큼 아빠의 몸 상태가 좋다는 증거이기 때문입니다.

아빠는 몸이 안 좋으실 때는 욕도 하지 않으시고 말수도 많이 줄기 때문입니다.

아빠에게는 아낌없이 사랑을 주어야 합니다.

아빠가 우리에게 준 사랑을 갚기엔 시간이 부족하기 때문입니다.

우리 아빠는 강동구 꽃미남이십니다

우리 아빠는 이런 사람입니다

모든 자식들은 자신의 아빠가 최고라고 생각할 것이다.

우리 역시 세상에서 제일 멋진 남자가 우리 아빠라고 생각한다.

해도 해도 끝이 없을 우리 아빠의 자랑, 우리도 한번 해 보려고

한다.

첫째, 우리 아빠는 송승헌보다 멋진 짙은 눈썹을 갖고 있다.

둘재, 우리 아빠는 호수 같은 맑은 눈을 갖고 있다.

셋째, 우리 아빠는 오똑하고 복스러운 코를 갖고 있다.

넷째, 우리 아빠는 도톰하고 앵두 같은 입술을 갖고 있다.

다섯째, 우리 아빠는 사슴 같은 긴 목을 갖고 있다.

여섯째, 우리 아빠는 비단결 같은 부드러운 피부를 갖고 있다.

일곱째, 우리 아빠는 염색하지 않은 검은 머리카락을 갖고 있다.

여덟째, 우리 아빠는 원색의 옷이 잘 어울린다.

아홉째, 우리 아빠는 고글형 선글라스가 잘 어울린다.

열 번째, 우리 아빠는 중후한 중절모가 잘 어울린다.

열한 번째, 우리 아빠는 화려한 귀걸이가 잘 어울린다.

열두 번째, 우리 아빠는 말솜씨가 좋다.

열세 번째, 우리 아빠는 눈빛이 반짝거린다.

열네 번째, 우리 아빠는 위기의 순간에 재치가 넘친다.

열다섯 번째, 우리 아빠는 예쁜 아내를 갖고 있다.

열여섯 번째, 우리 아빠는 예쁜 딸들이 셋이나 있다.

열일곱 번째, 우리 아빠는 모든 사람에게 친절하신 분이다.

열여덟 번째, 우리 아빠는 가족들에게 자상하신 분이다.

열아홉 번째, 우리 아빠는 동료들에게 배려심이 깊은 분이다.

스무 번째, 우리 아빠는 가끔 첫사랑을 추억하는 순정남이다.

스물한 번째, 우리 아빠는 할머니께 효도하는 멋진 아들이다.

스물두 번째, 우리 아빠는 넉살 좋은 사위이다.

스물세 번째, 우리 아빠는 회사에서 인정받는 능력 있는
　　　　　　　직원이었다.

스물네 번째, 우리 아빠는 세시봉 아저씨들의 노래를 잘 부른다.

스물다섯 번째, 우리 아빠는 다이아몬드 춤을 잘 춘다.

스물여섯 번째, 우리 아빠는 웃는 모습이 천사를 닮았다.

스물일곱째, 우리 아빠는 우는 모습마저 사랑스럽다.

스물여덟째, 우리 아빠는 어려보이는 동안의 얼굴을 가졌다.

스물아홉째, 우리 아빠는 가족에게 소중한 존재다.

서른 번째, 우리 아빠의 자랑은 지면으로 쓰기엔 턱없이 부족하다.

✳ ✳ ✳
천연기념물 330호 아빠

　우리 아빠는 조금 재미있는 이름을 갖고 계신다. 대부분의 사람들은 아빠의 이름을 한 번 들으면 잊지 않고 기억해 주실 뿐만 아니라 우리가 알기로는 대한민국에 우리 아빠와 똑같은 이름을 가진 사람은 단 한명도 없다.

　우리 아빠의 이름은 '채수달'이다.

　수달은 천연기념물 제330호로 지정되어 있는 족제비과에 속하는 동물이다. 맑은 물에서 살아가며 미꾸라지 같은 물고기를 잡아먹는다. 지능도 현저하게 발달되어 있으며 족제비과의 다른 어느 동물보다도 성격이 온순하다. 수달은 야간 동물로, 낮에는 휴식하고 밤에 활동하며 위험할 때는 물속으로 잠복한다.

　아빠와 수달은 이름이 같아서 그런지 비슷한 점이 굉장히 많다.

　첫째, 수달은 맑은 물에서 산다.

　아빠는 아프시고 난 뒤 더 깔끔해 지셨다. 외출 후, 또는 병원 치료 중 손을 씻겨줄 것을 부탁하고, 저녁에 주무시기 전엔 항상 씻겨 달라고 하신다. 또 보기와 다르게 연약한 피부를 갖고 계시기 때문에 늘 깨끗한 물로 청결을 유지시켜 드려야 한다.

둘째, 지능이 현저하게 발달되어 있다.

아빠가 뇌를 다치셔서 혈관성치매를 앓고 계시기 때문에 새로운 사실을 기억하기는 힘드시지만, 원래 알고 계셨던 지식은 기억하시기 때문에 골든벨 문제도 함께 풀 정도로 많은 지식을 갖고 계실 뿐만 아니라 잔머리도 좋으셔서 생각지도 않은 아이디어를 제공할 때가 있다.

셋째, 성질이 온순하다.

아빠가 지금은 편찮으셔서 욕도 조금 하시고 움직이실 수 있을 때는 우리에게 해코지도 하셨지만, 아프시기 전에는 우리에게는 너무나 자상하고 착한 아빠셨다.

넷째, 야간 동물로 낮에는 휴식하고 밤에 활동한다.

아빠는 시간과 때를 모르시기 때문에 언제가 낮이고 밤인지, 지금이 몇 시인지 잘 모르신다. 이 때문에 밤에도 낮처럼 깨어 계실 때가 많고 낮에는 밤처럼 주무실 때가 많으시다. 요즘의 생활 패턴은 낮 1시경부터 저녁 5시 정도까지 밤처럼 숙면을 취하시고, 저녁나절 졸고 계시다가 밤 12시 쯤 되면 일어나셔서 밤에 집을 지켜 주신다.

수달과 아빠는 이름도 같아서 그런지 공통점도 참 많은 것 같다.

아빠의 이름은 우리의 학창시절에 학기 초 가정환경조사서를 제출할 때 선생님들께 한 번씩 큰 웃음을 주었다. 어떤 선생님은 장난으로 적어내지 말고 제대로 적으라고 하신 분도 계셨었다.

아빠의 이름은 놀림을 받을 수도 있는 재미있는 이름이지만, 한번 들으면 잊을 수 없는 이름 덕분에 기어해 주시는 분들이 더 많은 것 같다.

족제비과의 동물 수달이 우리나라에서 보호해야할 천연기념물이라면 우리 집의 가장이신 채수달 님은 우리 가족이 지켜 드려야 하는 아주 소중한 천연기념물이다.

우리 아빠의 이름은 '채수달' 입니다

모릅니다

우리 아빠는 지금이 몇 년도 인지 잘 모릅니다.

우리 아빠는 지금이 몇 시인지 잘 모릅니다.

우리 아빠는 올해 아빠가 몇 살인지 잘 모릅니다.

우리 아빠는 가끔 부인과 세 딸의 이름을 잘 모릅니다.

우리 아빠는 딸들의 성장과정을 잘 모릅니다.

우리 아빠는 사는 곳이 어딘지 잘 모릅니다.

우리 아빠는 전화번호가 몇 번이지 잘 모릅니다.

우리 아빠는 어디가 아픈지 잘 모릅니다.

모르는 것이 많은 우리 아빠.

딸들이 얼마나 사랑하는지는

알아줬으면 좋겠습니다.

꽃미남이 아닌 꽃미녀

강동구의 꽃미남 채수달 씨 우리 아빠는 가끔 꽃미남이 아닌 꽃미녀가 되기도 하신다.

쌍꺼풀 진 큰 눈에 동글동글한 귀여운 얼굴, 곱슬곱슬한 머리에 아무나 소화하지 못하는 원색의 화려한 옷들…… 선글라스까지 멋있게 착용하고 팔목에는 여러 개 겹쳐 한 팔찌와 귀걸이, 목걸이까지 완벽하게 차려 입은 뒤 휠체어를 타고 외출을 하면 우리 가족을 보며 지나가시는 분들이 가끔 우리에게 이렇게 말씀하시며 칭찬하신다.

"어머, 어머니가 편찮으신데 이렇게 꾸며서 모시고 나오셨네요. 참 효녀세요."

처음에는 우리한테 말씀하는지 건지 몰라서 주변을 둘러보며 여기저기 살펴보았는데, 나중에 생각해 보면 그 말씀은 다른 사람이 아닌 우리에게 해주시는 칭찬이다. 나름 멋지게 꾸며드린 아빠를 남자가 아닌 여자라고 생각하시고 해주시는 말씀이시다.

어른들 눈에만 아빠가 예쁘게 보이는 것은 아닌 것 같다. 지나가던 아이들이 아빠를 보고 인사를 할 때 가끔 "할머니 안녕하세요?"라고 하기도 한다. 어린 아이들의 눈은 정확하고 거짓말을 못한다고 하는데 우리 아빠가 예쁘긴 한가 보다.

처음에는 "어머니를 모시고 나오셨네요." "할머니를 모시고 나오셨네요."라고 말씀하시면 너무 웃겼는데, 몇 번 그런 일이 있고 나서는 자연스럽게 "네"라고 대답하게 된다.

요즘은 미소년이 인기 있는 시대인데, 우리 아빠를 예쁘게 봐주신 분들께 감사할 따름이다.

카네이션 다는 남자

아빠는 어버이날을 좋아하신다. 요즘은 어버이날에 생화로 만든 카네이션 코르사주를 가슴에 달고 다니시는 분이 드물지만 우리 아빠는 가슴을 꽉 채울 수 있는 큰 생화를 고집하신다.

꽃다발도 싫고, 꽃바구니도 싫고, 큰 조화도 싫고, 화환도 싫다고 하신다. 심지어 용돈보다도 가슴에 달 수 있는 생화로 된 카네이션 코르사주를 원하신다.

매년 어버이날 전 날 꽃집에 특별히 주문해서 아주 큰 코르사주를 준비해 놓는다. 어버이날 아침에 전날 준비한 코르사주를 감사하는 마음으로 달아드리면, 멋진 살인미소로 우리에게 고마움을 표현해 주신다. 아마도 일 년에 한 번 볼 수 있는 아빠의 환한 살인미소가 아닌가 하는 생각이 든다.

무겁고 큰 코르사주를 달고 병원에 가시면 병원 선생님들 사이에서 "요즘 누가 코르사주를 달고 다니세요?"라고 놀림을 받으시기도 한다.

그래도 꿋꿋이 하루 종일 자랑스럽게 코르사주 패션을 고수하신다.

아마 우리는 내년에도 아빠의 더 크고 예쁜 살인미소를 보기위해 코르사주를 구하러 다닐 것이다.

아빠! 아빠가 좋아하시는 코르사주 앞으로 오십 년은 더 가슴에 달
아드릴 수 있게 언제나 건강하게 우리 곁에 함께해 주세요.

아빠는 생화로 된
카네이션 코르사주를
좋아하신다

변화

아빠가 깨어나시고 얼마 안 되었을 때의 일이다.

어렸을 때 잃어버린 가족을 찾아주는 방송 프로그램을 함께 보고 있었다. 신청자와 프로그램 진행자, 패널 등이 안타까운 신청자의 사연에 눈시울을 붉히고 있을 때, 아빠가 크게 웃으시는 것이었다.

"아빠, 슬픈 장면인데 왜 웃어?"

"그럼 우냐?"

아빠의 대답에 솔직히 해 드릴 말이 없었다.

상황에 맞지 않는 아빠의 모습이 조금 우습기도 하고 아빠가 웃는 모습이 반갑기도 하고, 또 적절하게 감정을 표현하지 못하는 아빠의 모습에 슬프기도 하였다.

그렇게 아빠는 슬퍼도 슬픈지 모르고, 기뻐도 기쁜지 모르셨다.

하지만 어느 순간부터 슬픈 내용의 프로그램을 보며 우시기도 하고 또 재미있는 프로그램을 보며 크게 잘 웃으시며 아빠가 감정표현 하는데 조금씩 변화를 보이셨다.

그리고 다시 한 번 생각했다. 아빠의 이런 변화는 가족만이 알 수 있는 미미한 변화이기는 하지만 그 변화가 있기에 희망이 있고 희망이 있기에 또 다시 힘을 내고 아빠를 바라볼 수 있다는 것을 말이다.

내일이 되면 작은 변화이지만 가족에게 희망이 되는 그런 모습을
보여주실 아빠를 기대하며…….

2장 아빠 이야기

방어법

발병한지 2~3년 정도 되었을 때, 우리의 손등과 팔에는 성한 곳이 없을 정도로 영광의 상처인 손톱자국이 많이 있었다. 상처의 출처는 다름 아닌 우리 아빠!

왜냐하면 아빠가 움직일 수 있는 동선 안에서 할 수 있는 최대한의 방어와 복수는 꼬집거나 머리를 잡아당기는 것이었기 때문이다. 아빠는 딸들의 행동에서 맘에 안 드는 행동이 있으면 이런 방법으로 우리를 응징을 하셨다.

처음 중환자실에서 깨어나 잘 움직일 수 없었던 아빠가 조금씩 움직이시고 재활치료를 시작하면서 우리를 꼬집거나 머리카락을 잡아당기시며 방어하는 행동 때문에 꼬집힌 곳이 아프기는 했지만, 아빠에게 일어나는 좋은 변화로 느껴져 기쁨이 되기도 했다. 하지만 십여 년이 지난 지금은 그런 기쁨도 서서히 사라져 가고 있다.

아빠의 그 작은 움직임이 많이 줄어들었기 때문이다.

치료를 통해 팔과 다리를 움직이는 재활운동을 한다고 하지만, 근육이 많이 빠지고 약해지는 것은 어쩔 수 없는 것 같다. 이 때문에 요즘은 스스로 팔을 들거나 손가락을 움직이거나 다리를 움직이는 활동들을 아빠가 자유롭게 움직일 수 없게 되었다.

아빠의 몸 상태가 변하는 것에 따라 아빠 나름의 방어법도 변하였는데, 요즘은 우리에게 욕을 하시거나 침을 뱉는 것이다.

평소 '말' 하면 빠지지 않는 아빠인데 이번에 사용하는 방어법은 그 효과가 대단하다.

유머러스하던 아빠는 한 번 들으면 잊을 수 없는 귀여운 욕부터 시작하여 무시무시한 욕까지 두루 섭렵하셔서 상황 상황에 따라 우리에게 해주신다. 욕을 들으면 기분이 나빠야 하지만 아빠의 귀여운 말투와 상황에 어울리는 재미있는 욕은 우리에게 기쁨을 주신다. 옛말에 욕을 먹으면 오래 산다고 하는데, 욕쟁이 아빠 덕분에 우리 가족은 오래 살 수 있을 것 같다.

✳ ✳ ✳
운동시간

과거에 집착하기 보다는 현실에 감사하며 살아야 하지만, 사람이다 보니 항상 과거가 떠오른다. 이미 지나간 일에 대해서 '왜 그때는 감사하며 살지 않았다가 뒤늦게 후회를 할까?' 라는 생각이 든다.

아빠가 한때는 지팡이를 잡고 엄마의 부축을 받으며 몇 발자국씩 걸으실 때도 있었다.

그 시절 우리 가족은 저녁 때 아빠 운동을 위해서 비가 올 때나 눈이 올 때를 빼고는 해가 지면 아빠를 모시고 나가 걷기 운동 하는 것을 도와 드렸다. 아빠 스스로 의지를 갖고 하는 운동이 아닌 타인에의해서 하는 운동이었기에 옆에서 도와주던 사람도 힘들고 아빠 역시 많이 아파하고 힘들어 하셨다.

아빠의 걷는 자세가 좋지 않아서 우리 세 자매는 각각의 역할을 정하고 아빠가 운동을 하실 때 각자의 위치에서 운동하는 것을 도와드렸다.

첫 번째 역할은 아빠의 시선을 정면을 향하게 하기 위해서 주변에있는 다양한 간판을 가르치며 읽도록 유도하는 것이었고, 두 번째 역할은 아빠의 발 옆에 쪼그리고 앉아서 오리걸음으로 걸으며 아빠의

마비된 왼쪽 발을 들어주어 한 발자국 한 발자국 걸으실 수 있도록
도와주는 것, 세 번째 역할은 아빠가 오른손으로 잡은 지팡이를 놓이
지 않고 걸으실 수 있도록 도와주는 것이었다.

아빠의 운동은 아빠 혼자만의 운동이 아니었다. 아빠의 체중을 거
의 받으며 부축하는 엄마는 말할 것도 없고, 아빠가 좋은 자세를 유
지하며 걸을 수 있도록 앞에서 유도하던 딸도, 쪼그리고 앉아서 왼쪽
발을 담당하던 딸도, 아빠의 지팡이를 함께 잡고 도와주던 딸도 모두
힘이 든 아빠의 운동시간이었다.

가끔은 귀찮기도 하고 힘도 들어서 '오늘은 운동 쉬었으면 좋겠다'
는 마음을 가진 적도 있었다. 비가 오거나 바람이 많이 불어서 아빠
를 모시고 나가기 무리인 오늘은 조금 여유있는 저녁 시간을 보낼 수
있겠다는 생각에 좋았던 적도 있었다.

지금은 아빠가 지팡이를 잡을 수도 설 수도 없는데…….

조금씩 움직이셨던 오른쪽 다리도 잘 움직여지지 않는데…….

그때 우리는 철이 없었나 보다. 세월이 지
나 우리도 많이 성숙해지고 철이 들었는지 요
즘은 저녁시간을 엄마, 아빠와 함께 따뜻한 햇
살을 받으며, 선선한 바람을 맞으며 산책을 하
면서 엄마와 두런두런 나누는 대화의 시간을 감
사하고 소중하게 생각하고 있다.

느린 성장

아빠의 모습을 보면 참 아기와 닮아 있다는 생각이 든다.

처음에 아기들이 태어나 거의 대부분의 시간을 누워서 생활하듯
아빠도 처음 발병했을 때는 누워계신 시간이 많았다.

아기들이 자라서 말을 하고, 사물을 보고, 움직임 시작할 때
아빠도 조금씩 가족들과 대화를 나누고,
눈을 맞추며 얼굴을 마주하고, 재활을 통해 몸을 움직여 갔다.

아기들이 유모차를 타고 외출을 할 때
아빠도 휠체어를 타고 외출을 하였다.

그렇게 아기들이 성장하듯 아빠도 늘 성장만 할 줄 알았는데
아빠에겐 그 성장이 더디어지고, 멈춰지고,
오히려 조금씩 나빠지기도 하였다.

아기를 돌보듯 아빠를 많이 사랑하고, 정성을 다 하면
잠시 주춤 했던 아빠의 성장도
더 높은 도약을 위해 몸을 한껏 움츠리는 개구리처럼
더 높게 뛰어 오르겠지?

쉬어가도 괜찮고, 느려도 괜찮다.
하지만 그 성장이 늘 계속되었으면 좋겠다.

경기(驚氣)

항상 부족함을 느끼는 잠 때문에 우리는 쉽게 잠에 빠질 뿐 아니라 한번 잠들면 잠귀도 어둡다. 엄마는 우리보고 '어쩜 둘이 한번 잠들면 업어가도 모를 정도로 자니?'라고 말씀하신다.

그런데 신기하게 잠귀가 밝지도 예민하지도 못한 우리가 능력을 발휘한 적이 있었다.

가족들이 돌아가면서 아빠를 24시간 돌본다고 하지만 모두들 잠과의 싸움을 하는 새벽녘 마의 시간이 있다. 사실 그 시간은 의지와 상관없이 우리도 모르게 잠에 빠져 들곤 한다.

어느 날 새벽 가족들이 모두 잠들어 있었던 것 같다.

잠을 자다가 갑자기 눈이 떠졌는데 아빠에게서 이상한 소리가 났다. 재빠르게 아빠에게 다가가니 혼자 힘들게 경기를 하고 계셨다.

"아빠 경기 하는 것 같아!"

라고 큰 소리로 외침과 동시에 가족들이 모두 놀라서 일어났다.

12여 년이 흘렀어도 아빠한테 일어나는 모든 일들은 가족들의 가슴을 쓸어내리게 하는 것 같다.

일단 아빠를 진정시키고 119에 신고했다. 다행히 아빠의 경기가 심하지 않아서 금방 진정이 되셨다. 몇 분 뒤 119 구조대가 집에 도착하고 아빠의 상태를 살피시는데 그 사이 단기 기억 밖에 못하시는 아빠는 경기를 했던 사실조차 잊어버리고 정상적으로 돌아왔다.

그저 아빠의 모습을 본 가족들만 안절부절 이었다.

일단 경기를 하면 응급실에 가야했기 때문에 함께 구급차를 타고 응급실에 도착했고 여러 가지 검사를 해 본 결과 다행히 별다른 이상은 없어 며칠 입원한 뒤 퇴원할 수 있었다.

새벽녘 우리 가족은 유리 왕자인 아빠 때문에 다시 한 번 가슴을 쓸어내렸다.

＊유리왕자
연약하고 소중한 아빠를 우리가 보호해드려야 하기 때문에 붙여진 애칭이다.

✱✱✱
아빠 뽑기

발병한 지 얼마 되지 않았을 때 아빠는 엄마의 부축을 받으며 몇 발자국 걷기도 하시고 아주 짧은 시간이지만 조금은 중심을 잡고 앉아 계실 수 있었다. 시간이 지난 지금은 아빠도 '세월 앞에는 장사 없다'는 말이 있듯 근육이 많이 빠져서 점점 움직이고 활동할 수 있는 범위가 줄어들었다.

휠체어에서 침대로, 실내 휠체어에서 실외 휠체어로, 다시 휠체어에서 자동차로, 휠체어에서 욕실로 들어가고 나오실 때 등 이동을 하실 때 잠깐이지만 아빠가 다리로 지지를 하고 옮겨 앉으셔야 한다. 하지만 요즘은 다리의 근육이 빠지고 힘이 없어져서 이마저 아빠에게는 어려운 일이 되어 버렸다.

아빠를 거의 들어서 옮기는 엄마의 어깨는 늘 아빠의 무게에 짓눌려지고, 엄마의 어깨 통증도 날이 갈수록 심해졌다. 아빠는 엄마의 어깨를 철봉으로 생각하시는지 도움을 받기보다 엄마의 어깨에 매달려서 움직이시기 때문이다. 이런 방법으로 아빠를 옮기는 방법은 아빠뿐 아니라 엄마의 어깨에도 큰 무리를 주었기 때문에 우리 가족에게는 대책이 필요했다.

그즈음 마침 킨텍스에서 의료기 박람회를 한다는 정보를 듣고 가족 모두 박람회 구경을 갔다. 그곳은 신세계 같았다. 오랫동안 아빠를 간호하면서 다양한 의료기기를 봐왔고 사용해 봤다고 생각했는데, 이곳에는 신기하고 좋은 의료기기들이 굉장히 많이 있었다.

좋은 제품을 볼 때마다 '아빠가 사용하면 좋겠다'는 생각이 많이 들었다. 특히 복지가 잘 되어 있는 나라인 스위스는 환자를 위한 기계들이 우리나라에 비해서 굉장히 다양할 뿐만 아니라 디자인도 예쁘고 환자가 사용하기에 편리하게 만들어진 것들이 많이 있었다. 하지만 일반적인 가정에서는 쉽게 구입할 수 없는 고가의 가격대라서 우리가 구입하는 것은 불가능했다.

우리는 이왕 박람회를 온 김에 아빠를 편하게 움직이게 해드릴 수 있는 리프트를 찾아보았다. 리프트를 찾아 박람회장을 돌아다니던 중 우리나라에서 만든 환자 이동용 리프트를 발견하였다.

우리는 아빠를 조금이나마 편하게 해드릴 수 있을 것 같아 그 자리에서 아빠를 모시고 리프트를 체험해 보았다. 처음 사용해 보는 거라 그런지, 아빠가 기계에 의해 들렸을 때 표정과 몸짓이 조금 긴장한 듯 보였다.

아빠를 모시고 한번 체험해 보니 우리 가족의 관심은 온통 리프트로 쏠렸다. 그 외에 다른 회사에서 나온 다양한 제품의 리프트도 살펴보고 함께 비교하며 집에서 사용하기에 유용할 것 같은 리프트를 찾아 나섰다.

리프트 구입은 가격도 가격이지만 아빠를 위한 일이다보니 신중해야한다고 생각했기 때문이다. 기계가 안전한가? 대부분 가정에서 사용할 수 있게 만들었다기보다 병원이나 요양원에서 많이 쓰이는 제품인데 집에서도 편하게 사용할 수 있는가? 등 여러 가지를 고려해 보았다.

고민하며 리프트를 구입하는 것에 대해 쉽게 결정을 내리지 못하고 있을 때, 마침 의료기 박람회를 찾은 병원의 치료 선생님을 만났다. 선생님은 가족보다는 좀 더 객관적인 입장에서 제품을 보시고 이 기계를 구입하면 효과적으로 사용할 수 있을지, 아빠에게 도움이 될 지 등을 살펴보셨다. 치료 선생님의 눈에도 아빠를 이동하는데 유용하게 쓰일 것 같다는 판단과 가족들도 아빠에게 도움이 되는 제품이라는 생각에 구입을 결정하였다.

의료기기의 경우 우리나라에서 수요가 많이 없기 때문에 미리 물건을 만들어 놓지 않고 주문이 들어가면 만들어진다고 한다. 우리가 리프트를 주문한지 약 한 달이 되도록 의료기 회사에서는 아무런 소식이 없었다. 연락해 보니 기계의 부품이 없어서 박람회에 전시되었던 것을 조금 저렴한 가격에 구입하는 것이 어떠냐고 하셨다.

새것이 좋지만 언제 만들어질지 모르는 상황에서 마냥 기다리는 것보다는 전시용이라도 구입해서 하루 빨리 아빠를 위해 사용하는 것이 좋다고 생각해서 전시하였던 제품을 구입하기로 했고, 며칠 뒤 드디어 리프트가 집으로 배달되었다.

처음 리프트가 집에 도착했을 때 우리는 제품의 안정성을 체크한다는 명목 하에 모두 한 번씩 리프트를 체험했다. 조금 무섭고 불안한 느낌이 나기도 했는데 놀이기구를 타는 것처럼 재미있기도 했다.

처음 사용할 때는 무거운 리프트를 마룻바닥에서 끌기도 힘들고 이동방향의 조준도 잘 되지 않아 시행착오를 많이 겪었지만, 여러 번

아빠 뽑기에
안겨 있는
귀여운 아빠

사용하면서 점점 익숙해졌다.

집안에서 사용하다보니 공간의 제약 때문에 아빠를 이동시킬 때 항상 사용할 수는 없지만. 지금은 우리 집에서 없어서는 안 될 우리 가족의 소중한 기계가 되었다. 몇 달 전만 해도 리프트 없이 생활했었는데 지금은 리프트를 사용하지 않던 시절을 상상도 못할 정도이다.

요즘 우리 집에서는 리프트를 '아빠 뽑기'라고 부른다. 오락실에 있는 인형 뽑기 기계와 비슷하게 생겨서 붙여진 별명이다.

아빠가 리프트를 통해서 안겨 있는 귀여운 모습의 아빠를 보며 우리 가족은 오늘도 웃는다.

* * *

아빠의 유머

우리가 어렸을 때 아빠는 우리에게 장난을 잘 치시는 개구쟁이 아빠셨다. 아빠는 우리한테 뿐만 아니라 종종 우리 친구들에게도 장난 치기는 것을 좋아 하셨는데, 그 내용은 다음과 같다.

상황 1 | 친구가 우리 집에 전화를 걸었을 때 ❶

친구 : 거기 쌍둥이네 집이죠?

아빠 : 아닙니다.

친구 : 뚝!

우리 : 아빠, 우리 집 맞잖아?

아빠 : 여긴 쌍둥이 아빠집이야.

우리 : 〉_〈

상황 2 | 친구가 우리 집에 전화를 걸었을 때 ❷

친구 : 거기 쌍둥이네 집이죠?

아빠 : 아닙니다.

친구 : 죄송합니다.

우리 : 아빠, 그럼 여긴 어디야?

아빠 : 수달이가 사니까 동물원이지.

우리 : ﹥_〈

　몇 번 우리 집에 전화하여 아빠의 장난에 속은 친구들은 "거기 쌍둥이 아빠네 집이죠?"라든지 "거기 동물원이죠?"라고 전화를 하는 친구도 생겨났다.

상황 3 | 아빠 기분 안 좋을 때 딸들과 대화 – 서있는 운동을 30여분 한 후

우리 : 아빠, 우리 아빠 맞지?

아빠 : 아니야. 너 같은 딸 낳은 적 없어.

우리 : 그럼 난 어떻게 있어?

아빠 : 나도 모르지, 너희 아빠 찾아가.

우리 : 우리 아빠는 여기 앞에 있는데 어딜 찾아가?

아빠 : 나, 네 아빠 안 해. 네 아빠 지금 다리 밑에서
　　　비즈니스 중이니 그리로 찾아가.

우리 : 다리 밑에서 웬 비즈니스?

아빠 : 너희 아빠 다리 밑에서 깡통 들고 '한 푼 줍쇼' 하면서
　　　비즈니스 중이야.

우리 : 나 거지 새끼야?

아빠 : ?

✳ ✳ ✳
잘 컸구나, 내 딸들아

"누구 딸인지 잘 컸다."
아빠가 종종 하시는 말씀이다.

개 키우는 1번 딸 효정.
뱀 키우는 2번 딸 우정.
사슴 잡는 3번 딸 원정.

우리 아빠는 편찮으시기 전, 살기 위해 먹는 분이 아닌 먹기 위해
사는 분에 가까웠다. 특히 몸을 보신하는 음식은 더 좋아하셨다.
요즘 아빠를 기쁘게(?) 해 드리기 위해서 우리 세 딸들이 아빠를 위
해 키우는 동물들을 소개 하려고 한다(이는 실제로 키우지 않는 가상의 동물
임을 밝힌다).

1번 딸 효정.
가상의 개 세 마리를 키운다.
개의 이름은 '초복', '중복', '말복'

2번 딸 우정이.

가상의 뱀을 사육 중이다.

3번 딸 원정이.

사슴을 사냥 중이다.

저녁시간 아빠 옆에 옹기종기 모여 아빠를 한 번이라도 크게 웃겨 드리기 위해 저마다 목소리를 높인다.

효정 : 아빠, 이번 여름엔 정성껏 보신탕을 준비 중이에요.

우정 : 아빠, 보신탕에 곁들일 뱀술은 제가 준비할게요.

원정 : 아빠, 후식으로 녹용 한잔 드시고 건강해지세요.

아빠 : 잘 컸구나, 내 딸들아~

물론 아빠는 요즘 음식을 못 드신다.

하지만 딸들의 무서운(?) 애교로 그 시간만큼은 행복해 하신다.

아빠와 물리치료 선생님과의 만담

아빠를 현재 물리치료를 해주시는 선생님은 벌써 아빠를 치료하신 지 10여 년이 다 되어간다. 그만큼 아빠와는 환자와 치료사 이상의 관계를 맺고 계시다. 그 두 분의 치료과정의 대화를 적어보려고 한다.

치료선생님 정범호 선생님(이하 정)

아빠 채수달(이하 채)

대화 1

채 : 선생님 너무 아픕니다.

정 : 아저씨 어디가 아픈데요?

채 : 허리가 아픕니다.

정 : 아저씬 허리 없잖아요?

채 : 배 뒤에 있습니다.

정 : 배 뒤는 엉덩이인데요?

채 : 그럼 가슴 뒤에 있습니다.

정 : 가슴 뒤는 등인데요?

채 : -.-;;;;;;

대화 2

정 : 아저씨 지금 아프세요?

채 : 네 많이 아픕니다.

정 : 어디가 아프세요?

채 : 다리가 아픕니다.

정 : (치료를 계속한다)

채 : (울상 ㅜㅜ)

정 : 아저씨 지금 속으로 제 흉보시죠?

채 : 아닙니다.

정 : 맞는 것 같은데…… 속마음을 말씀해 보세요. 제가 그냥 봐드
    릴게요.

채 : 아닙니다. 안 하겠습니다.

정 : 아저씨, 괜찮아요. 해 보세요.

채 : 개××

정 : -.-;;;

대화 3

채 : 선생님, 오늘 저 좀 일찍 가야 될 것 같습니다.

정 : 왜요, 아저씨?

채 : 아버지가 편찮으셔서요.

정 : 아저씨 아버지가 어디 계신데요?

채 : (맑은 눈동자로 쳐다보며) 집에 계시는데요?

정 : 아저씨 아버님 공원묘지에 계시잖아요.

채 : -.-;;;

아빠, 무덤에 계신 할아버지가 놀라서 일어나시겠어요!

대화 4

정 : 아저씨, 우리 환갑잔치 같이 해요.

채 : 싫습니다.

정 : 왜요~ 아저씨 환갑잔치 땐 무슨 음식 차릴 거예요?

채 : 저는 고기 파티할 겁니다. 육식으로!

정 : 아저씨 우리 같이 채소 잔뜩 차려서 채식으로 환갑상 받읍시다.

채 : 저는 고기가 좋습니다. 선생님이나 드십시오.

정 : 아저씨 건강 생각하셔서 고기 조금만 드셔야 해요.

채 : 그럼 채식으로 하겠습니다. 인삼이랑 산삼으로 차려주십시오.

정 : 아저씨, 정말 순발력이 최고예요!

＊

우리 집 수달사전

우리 집 수달사전은 아빠가 쓰시는 아빠만의 언어로 아빠의 순수함과 재치 넘치는 말들의 엮음이다.

딸을 표현할 때 (기분에 따라 수시로 변함)

- 똥싸라기 : 눈에 거슬리거나 맘에 들지 않는 딸
- 동싸라기 : 똥 싸라기보단 낫지만 심기를 건드리는 딸
- 은싸라기 : 조금만 애교를 부리면 예뻐해 주는 딸
- 금싸라기 : 맘에 드는 예쁜 딸
- 다이아싸라기 : 아빠의 1순위 딸로 수달 씨의 세 딸이 경쟁적으로 노리는 딸의 등급

유리 왕자

- 근육이나 뼈가 약해져서 늘 조심스럽고 소중하게 대해드려야 하는 아빠를 지칭하는 말

엄마

- 아빠에게 '엄마'란 배가 고프거나, 돈이 필요할 때, 딸들과의 대

화 중 불리할 때 등 모든 일을 해결해 주는 분

귀한 아들

– 5남매 중 외아들로 태어난 아빠가 어렸을 때부터 그 시절 바나나
를 드시고 유치원을 졸업했다고 자부하며 본인을 지칭하는 말

영화배우

– 외모에 굉장한 자신감을 갖고 계신 아빠가 스스로를 지칭하는 말

좋은 사람

– 아빠를 10여 년 치료해 주신 물리치료 선생님을 가리키며, 아프
고 힘들게 하는 물리치료 선생님을 반어적으로 표현하는 말

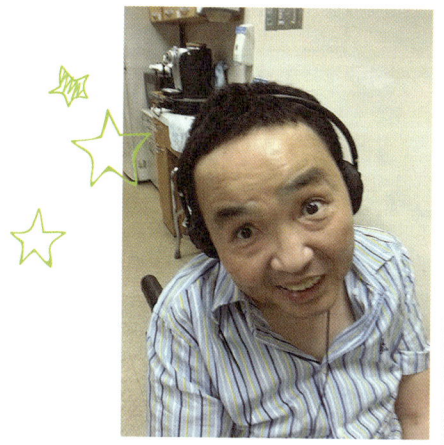 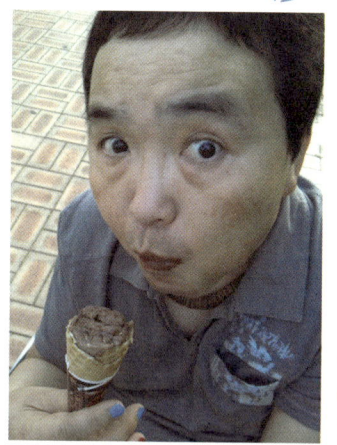

아빠 삼행시

채 : 채수달! 당신은 우리 아빠 입니다.

수 : 수없이 많은 세상의 모든 아빠들 보다 딸들에게
　　가장 소중 당신은 우리 아빠입니다.

달 : 달이 어둠속의 세상을 밝혀주는 빛이 된다면
　　아빠 당신은 우리 가족의 마음을 환하게 빛춰주는
　　우리집의 환한 보름달 입니다.

3장

•

가족 이야기

가훈이란 한 집안의 조상이나 어른이 자손들에게
도덕적인 실천 기준으로 가르치는 교훈, 또는 집안 어른이 일상생활을 하면서
그 자손들에게 주는 교훈을 말한다.
하지만 우리 집 가훈은 다른 집 가훈과는 조금 다르다.

특별한 가훈

가훈이란 한 집안의 조상이나 어른이 자손들에게 도덕적인 실천 기준으로 가르치는 교훈, 또는 집안 어른이 일상생활을 하면서 그 자손들에게 주는 교훈을 말한다.

하지만 우리 집 가훈은 다른 집 가훈과는 조금 다르다.

'잘 먹고 죽은 귀신은 때깔도 좋다'

이런 가훈을 사용하는 가정이 또 있을까?

가훈에 걸맞게 아빠는 늘 좋은 음식, 맛있는 음식을 가족들과 함께 먹는 것을 좋아하셨다.

우리는 어렸을 때 주는 대로 잘 먹었고 미각이 둔해서 그런지 특별히 맛있는 음식, 맛없는 음식을 구별할 줄 몰랐지만 아빠는 시간 날 때마다 맛집을 찾아 두시고, 회식을 하거나 지인을 만나면서 드셨던 음식 중 맛있었던 곳이 있으면 기억해 두셨다가, 주말에 가족들과 함께 먹으러 다니시며 새로운 음식, 맛있는 음식을 접할 수 있게 해 주셨다.

음식을 먹을 때도 가족들이 편하게 먹을 수 있도록 먹기 힘든 것들, 예를 들어 생선 가시 바르거나 새우 껍질 까기, 갈비뼈 발라주기 가족들이 먹기 쉽게 옆에서 챙겨 주시곤 했다.

지금 생각해 보면 특별하지 않은 일상생활이었던 그 순간들이 너무나 행복했던 기억이고 소중한 추억들이다.

25주년 사진

아빠와 엄마의 결혼 25주년 기념 선물로 우리 세 딸들은 용돈을 모아 리마인드 웨딩촬영을 선물했다.

25년 전 꽃다운 새신랑 새신부의 모습은 아니었지만 꽃보다 아름다운 모습의 아빠와 엄마, 그리고 우리 세 자매와 함께하는 소중한 시간이었다.

준비성이 철저한 우리는 아빠가 무리 없이 촬영할 수 있는 장소를 모색하기 위해 6개월 전부터 사전 조사를 했다.

강남이나 일산 등 멀지 않은 곳에 예쁜 스튜디오가 많이 있었지만, 대부분 스튜디오 안으로 들어가는 길에 계단이 있거나 실내가 협소하고 복잡하여 아빠가 촬영하기에 불편한 곳이 많았다.

휠체어로 이동하기에 무리가 없으면서 아빠가 편하게 촬영할 수 있는 곳을 알아보고 스튜디오를 예약한 후 촬영 날이 오기를 설레는 마음으로 기다렸다.

촬영 며칠 전 스튜디오에 확인 차 전화를 해 봤더니 6개월 전 우리 가족의 예약을 받은 이후 예쁘게 리모델링을 마치고 새단장을 했다고 자랑하며 말씀하셨다. 혹시나 하는 생각으로 이것저것 여쭤 봤더니 아빠가 휠체어를 타고 촬영하는 것은 힘들 것 같았다.

　여러 스튜디오 중 아빠가 촬영하시기에 무리가 되지 않게 어렵게 찾은 곳이었는데 이렇게 되자 우리의 실망감은 말도 못했다. 스튜디오에서는 촬영에 무리가 가지 않게 최선을 다해서 도와주신다며 걱정하지 말고 예정대로 촬영을 하자고 하셨지만, 우리 가족을 도와주시는 것이 말처럼 쉬운 일이 아니고 아빠가 편하게 이동할 수 있는 장소를 원했기에 계약금을 돌려받았다. 이렇게 25주년 리마인드 웨딩촬영은 무기한 연기됐다. 괜히 엄마한테 미안하고, 계획했던 일이 꼬여서 화가 나고 속상했다.

　엄마는 아빠가 몇 시간 동안 사진 찍고 옷도 여러 번 갈아입으려면 힘드실 텐데 오히려 잘됐다고 하시며 리마인드 촬영은 없었던 걸로 하자고 하셨다.

기대가 컸던 만큼 우리의 실망감도 컸다. 이렇게 넘어가기는 아쉬워 우리는 열심히 다른 장소를 찾아봤다. 엄마 아빠의 결혼기념일인 2월 25일은 지났지만 그해 9월 예쁜 가을풍경을 배경으로 리마인드 웨딩사진을 찍었다.

✳ ✳ ✳
공동부담

운전을 잘 하시는 엄마의 운전 실력은 여느 남성 운전자 못지않다. 우리가 생각하기에는 타고난 '공간감각'과 약간의 '막무가내 성격'이 큰 몫을 하는 것 같다.

엄마는 운전을 하실 때 고운 외모와 다르게 급브레이크, 과속, 약간의 신호위반을 즐겨하신다.

엄마가 운전하는 차를 타면 '살살 좀 가주세요', '천천히 가주세요' 등 아빠의 목소리를 자주 들을 수 있다. 엄마의 살짝 난폭한 운전 실력. 이것도 20년 정도의 운전 경력에서 나오는 운전 기술정도라고 해두면 좋을 것이다.

터프한 운전 실력을 갖고 있는 엄마는 시외로 나갈 일이 있어 고속도로를 운전하고 오시면 종종 집에 반갑지 않은 편지가 한 통씩 오는데 그건 바로 '속도위반고지서'이다.

우리에게 중요한 것은 이 고지서가 날라 오면 무조건 벌금을 공동부담을 한다는 데 있다.

엄마는 벌금을 똑같이 나눠 우리에게 할당해 주신다. 그 이유는 우리도 차에 함께 타고 있었다는 것이다. 그 때 왜 말리시 않았나며 함께 벌금을 내야한다고 주장하시며 걷어 가시는데, 우리 모두 울며 겨자 먹기로 상납해야 한다.

한번은 아빠와 엄마가 병원에 가시는 길이었고, 우리는 가야금 방과 후 수업 때문에 악기를 들고 학교에 가는 길이었다. 많이 무겁지도 않고 가까운 거리니까 그냥 걸어가려고 했는데, 엄마가 힘드니까 가는 길에 내려주시겠다며 차에 타라고 하셨다.

어차피 같은 방향이라 우리는 차에 올랐고 엄마는 학교 근처에 우리를 내려주셨다. 하지만 운이 없게도 그 장소가 불법주차구역 단속지점이었고, 며칠 뒤 불법주차로 또 고지서가 날라왔다.

집에서 한 학기 내내 택시를 타고 다녀도 될 만큼의 벌금. 우린 원하지도 않게 또 공동부담으로 벌금을 내야만 했다.

요즘은 함께 차를 타고 이동할 때 내비게이션을 이용하여 카메라의 위치를 찾아 미리 예고해 드리거나 차에 타자마자 천천히 속도를 잘 지키면서 운전해 달라고 말하며, 이번에는 과속딱지 날라와도 벌금을 내지 않겠다며 앞 다투어 선언한다.

벌금까지 공동으로 부담하는 우리가족. 참, 화목한 가족이다.

이런 게 사랑하는 마음?

밖에 나가 있어도 집에서의 예쁜 모습이 생각나는 것,

맛있는 음식을 보면 함께 맛있게 먹고 싶어서 생각나는 것,

모자, 시계 등 액세서리를 보면 잘 어울릴 것 같은 마음에 지갑을
열고 사게 되는 것,

예쁜 풍경을 보면 함께 나누고 싶은 마음이 드는 것,

재미있는 이야기를 가장 먼저 들려주고 싶은 것,

머리맡에 앉아 잠들 때까지 토닥토닥하며 곁을 지켜주고 싶은 것.

이런 게 사랑하는 마음 맞지?

그렇다면 우린 아빠를 정말 많이 사랑하나 보다.

엄마 아빠를 위한 쌍둥이의 선물

그동안 우리 집에서는 아빠가 타고 내리시기 힘드시긴 했지만 줄곧 승용차를 사용했었다. 하지만 몸이 불편한 아빠에게도, 그런 아빠를 매일 모시고 다니며 휠체어에서 차로, 차에서 휠체어로 수차례 옮겨 드려야 하는 엄마에게도, 차를 타고 내리는 것이 점점 부담스럽고 힘든 일이 되어가고 있었다.

아빠는 스스로 움직이지 않으셔서 팔과 다리 등 온몸의 근육이 점점 빠져 약해져 갔고, 아빠의 힘이 빠질수록 엄마의 어깨와 허리에는 점점 무리가 갔다.

우리는 아빠를 조금 더 편하게 모시고 다닐 수 있으면서 엄마의 몸에 무리가 가지 않고 차를 탈 수 있는 장애인을 위한 자동차를 알아보았다. 크게 두 종류의 장애인 자동차가 있었다.

첫 번째 자동차는 우리도 몇 번 이용해 본 경험이 있는 장애인 콜택시처럼 되어 있는 자동차였다. 이 차로 바꾸면 아빠가 타고 내릴 때는 편할 것 같았지만 카니발이나 스타렉스 차종의 3열과 트렁크 부분을 개조했기 때문에 스스로 몸을 가눌 수 없는 아빠가 혼자서 뒷좌석에 탑승하는 것이 불안하고 위험할 것 같았다.

두 번째 자동차는 전동 회전 시트로 차량의 의자가 밖으로 나와 편안하게 앉힌 다음 탑승하는 자동차였다. 어떤 재단에서 이 차량을 며칠간 빌려줘서 사용해 볼 수 있는 기회가 있었는데, 아빠가 당시 타고 다니던 승용차보다는 편안하게 승차하실 수 있었지만 이 역시 아빠를 직접 일으켜서 옮겨야 했기 때문에 아빠에게 무리를 줄 것 같았다.

아빠를 위한 일이기에 우리 가족은 쉽게 어떤 차로 바꿔야겠다는 결정을 내리지 못했다.

몇 개월 고민하면서 차를 알아보던 중, 장애인을 위한 이동복지차량이나 생활복지차량 등을 개발하는 '창림모아츠'라는 회사에서 우리가 원하는 차량이 신제품으로 나왔다.

카니발을 개조한 것으로, 경사로의 각도를 8도 이하로 하여 안전하고 편리하게 탑승할 수 있도록 했고 3열과 트렁크 부분에 혼자 탑승하는 것이 아닌 휠체어가 2열 시트 부근까지 들어올 수 있어 우리와 동일선상에서 이동할 수 있었다. 그리고 휠체어 두 대를 동시에 싣거나 침대형 휠체어도 탑승할 수 있어 장거리를 가야 할 때 눕혀드렸다가 앉혀드릴 수 있는, 그야말로 우리가 원하는 차였다.

이 차를 발견하고 우리는 재빠르게 움직였다. 일사천리로 공장에 전화하고 견적을 알아본 뒤 차를 구입했다. 수요가 많지 않고 처음부터 장애인 차량으로 만들어지는 것이 아니라 원래의 카니발을 다시 개조하는 것이기 때문에, 차를 구입하고 나오기까지 한 달 이상이 걸린다고 했다. 그 시간이 얼마나 길게 느껴졌는지 모른다. 이제 더 편하게 이동할 수 있을 것이라는 기대를 갖고 차가 나오기를 기다렸다.

그동안 아빠를 모시고 다니면시 하루에 수차례 차에서 휠체어로, 휠체어에서 차로 옮기며 차를 태워주셨던 엄마에게, 점점 다리에 힘이 없어 서는 것조차 힘들어하시는 아빠에게 그동안 통장에 모아뒀던 돈을 모아서 자동차를 선물해 드렸다.

아빠가 아프신 와중에도 우리가 가야금을 전공할 수 있었던 것, 대학교·대학원까지 무사히 마치고 아이들을 가르치며 즐겁게 살 수 있는 것이 모두 엄마 아빠 덕분이기 때문이다. 대학원 학비를 내느라고 많이 모으지는 못했지만, 지난 4년간 예술 강사로 활동하면서 모았던 것과 각종 공연, 레슨을 하면서 조금씩 모아두었던 돈이 딱 새로운 차를 바꿀 수 있는 정도로 모여 있었다. 지금 우리 저금통장의 잔고는 비록 '0'원이 되었지만, 돈이야 새로운 목표를 갖고 또 열심히 모으면 된다. 아빠와 엄마를 위한 일이라면 무엇이 아깝겠는가? 두 분을 위해서라면 차가 아니라 비행기도 사드리고 싶은 게 우리 마음이다.

차를 바꾸고 나니 외출했을 때 타고내리기가 수월해져 더 많은 곳을 부담 없이 다닐 수 있게 되었고, 두 분 모두 이전의 승용차를 이용하는 것보다 편해 보여서 뿌듯하다.

감투가족

우리 세 자매는 같은 초등학교와 같은 중학교를 졸업한 동문이다.

공부를 하기 위해 학교를 다닌 우리 세 자매뿐만 아니라 엄마와 아빠도 우리와 함께 학교생활을 하셨다고 해도 과언이 아닐 것이다. 왜냐하면 세 딸을 한 학교에 맡겨 놓은 엄마와 아빠는 감사한 마음에 학교일을 많이 도와주셨기 때문이다.

초등학교 시절 우리는 매 학년 학급 임원을 맡았었고, 원정이는 제일 고학년인 6학년 때 전교 어린이 부회장으로 활동했었다.

엄마, 아빠도 학부모회와 스카우트 학부모 임원으로 우리가 학급일을 열심히 할 때 부모님은 학교 일을 열심히 해주셨다.

이러한 활동은 중학교 때 전성기(?)를 이뤘는데, 효정 언니는 3년 내내 학급에서 회장을, 우정이는 2학년 때는 학생부회장, 3학년 때는 학생회장을, 원정이는 학급회장과 선도부로 임원활동을 열심히 하였다.

엄마와 아빠 역시 큰 역할을 하나씩 맡고 계셨는데, 엄마는 학부모 운영위원회, 아빠는 학부모회 회장의 역할을 맡으셨다.

늘 우리가 좀 더 잘 되길 바라는 마음으로 힘든 것을 감수하고 학교일을 도와주시는 부모님께 그저 감사했다.

부모님의 뒷바라지가 있었기에 아빠가 쓰러지시고도 학교생활을 성실히 할 수 있지 않았나하는 생각이 들기도 한다.

우린 학교 선생님들이 부모님을 알고 계시다는 부담감으로 성적이 떨어지지 않게 학업에 집중할 수 있었고, 또 우리의 사정을 알고 계시는 선생님들의 보살핌이 있었기에 흔들리지 않고 우리의 자리를 지킬 수 있었다고 생각한다.

화려한 경력을 가진 우리가족. 꽤 멋지다!

복불복 잠자리

어느 날부터인가 TV프로그램에서 '복불복'이라는 말이 많이 사용되었다. 복불복이란, 좋고 나쁜 운수를 나타내는 말이다.

특히 '1박 2일'이라는 프로그램에서 게임을 통해 복불복 취침을 하는데, 우리에게 이 복불복 취침이 참 친근하게 다가온다. 왜냐하면 우리 집에서는 매일 저녁 복불복 취침을 하고 있기 때문이다.

사춘기가 되면 각자 방에서의 생활을 많이 한다고들 하는데, 우리 집은 그렇지 않았다.

성인이 된 지금도 각자 방의 개념은 없고 책상이 있는 방, 옷 입는 방, 주방 등 방의 역할만 있을 뿐 가족 모두가 대부분의 시간을 거실에서 함께 보낸다.

잠 역시 거실에서 자는데, 1인용 환자 침대를 쓰는 아빠를 제외하고 엄마, 언니, 우정이, 원정이 이렇게 넷은 거실 바닥에 그야말로 널브러져 잔다.

엄마는 하루 종일 아빠 모시고 병원 다니며 돌보시느라 초저녁에 지치고 피곤해서 먼저 자리를 잡고 잠자리에 드신다. 엄마가 먼저 적절한 위치에 편한 자세로 잠에 들면 그 다음 잠드는 언니가 남은 공간에서 잠을 잔다.

더운 여름에 요나 이불도 없이 맨바닥에서 베개만 베고 잠을 자기도 하는데, 불편해 보이지만 우리 가족은 그렇게 자는 잠이 꿀맛 같이 느껴진다.

새벽에 잠드는 우리는 그 다음 남은 공간에 자리를 잡는데, 아침에 일어나 보면 때로는 식탁 밑으로 몸이 들어가 있기도 하고 이불이 현관으로 나가 있기도 한다.

거실에서 자고 있는 가족의 모습을 보면, 그야말로 '다 큰 어른들이 아무데서나 막 잔다'는 생각이 들지만, 제대로 이불을 깔지도 덮지도 않은 채로 잠든 그 모습이 세상에서 제일 편해 보인다.

또 이렇게 한 공간에서 함께 자고 늘 함께 아침을 맞이하는 우리 가족의 모습을 보면, 다른 가족보다 더 친밀할 수 있는 이유가 이렇게 함께 있는 시간이 많아서가 아닌가 하는 생각이 든다.

우리가 일층에 사는 이유

우리 집은 많은 사람들이 꺼려하는 층인 1층이다.

아빠가 편찮으시기 전까지는 쭉 주택에 살았었다. 아파트보다는 이웃사람들의 정을 더 느낄 수 있고 똑같은 구조의 아파트보다는 적은 수의 가구들끼리 사는 주택이 편하고 좋았기 때문이다.

하지만 아빠의 발병 이후 계단을 올라가기도 힘드시고 우리가 관리를 많이 해야 하는 주택보다 관리도 되고 엘리베이터도 있는 아파트로 이사를 가게 되었다.

처음 이사를 간 아파트는 서울보다 공기도 좋고 집 안에서 휠체어를 편하게 타고 다니실 수 있는 덕소의 조금 넓은 아파트였다.

그때 우리 가족의 생활패턴은 아빠와 엄마는 재활치료를 위해 하루에 두 번씩 서울 강동구에 있는 병원으로 치료를 받으러 다니셨고, 큰언니와 우리 역시 고등학교에 재학 중이었는데 언니는 고3이어서 전학을 가기 곤란했고 우리도 예고에 다니는 중이라서 전학을 할 수는 없었다. 우리 세 자매는 등교를 위해서 새벽 6시에 집에서 나오고, 엄마와 아빠는 병원에 치료를 받으러 나가시기 위해서 아침 8시 정도에 나오셨다가 점심때는 잠시 외갓집에서 쉬시고 오후에 한 번더 병원에 가셨다.

결국 덕소의 아파트에는 7시 정도나 되어서야 들어 갈 수 있었고, 우리 역시 연습도 하고 공부도 하며 학교생활을 마치고 하교를 하면 엄마, 아빠와 함께 집에 오거나 늦으면 10시, 11시 정도에 귀가를 하게 되었다.

병원을 오가는 거리나 우리들의 통학 거리의 불편함을 느꼈던 우리 가족은 상의 끝에 원래 살고 있던 강동구 쪽으로 다시 이사를 가기로 했다. 서울과 얼마 멀지 않는 곳이었지만 금전적으로 덕소에서 지냈던 평수의 아파트는 강동구에서는 찾을 수가 없었다. 형편에 맞춰서 병원과 우리들의 학교가 가까운 위치에 있는 아파트로 이사를 왔다. 가족끼리 집에 있는 시간도 훨씬 많아지고, 이동 동선이 가까워지니 훨씬 편하고 좋았다.

행복하고 즐겁게 생활하던 우리 가족에게 또 한번의 이사 계획을 세우게 하는 일이 발생했다.

고등학교 2학년 때 시험기간이라서 새벽 1시 정도까지 공부를 하고 있었는데, 갑자기 사이렌 소리가 울리더니 불이 났으니 어서 대피를 하라는 안내 방송이 나왔다. 놀라서 베란다 밖을 내다보니 우리가 살고 있는 아파트 사람들이 잠옷 바람에 헐레벌떡 대피하고 있었다. 주무시고 계셨던 아빠도 큰 사이렌 소리에 잠을 깨서 무섭다고 하였고, 아빠의 눈동자는 흔들리며 불안해하셨다.

그동안 한 번도 '집에 불이 나면 어쩌지?' 하고 생각해 본 적이 없었다. 대게 불이 나면 엘리베이터를 탈 수 없는데, 이 높은 8층에서 아빠를 어떻게 모시고 내려가야 할지 걱정하고 있던 차에 아파트 아래에선 119차가 세 대 정도 출동해서 소방대원이 아파트를 둘러보고 있었다. 조금 이상했던 점은 불이 나서 대피하라고 아파트에는 난리가 났는데 어느 곳에서도 불씨는 보이지 않았다는 것이다.

잠시 후 소방대원이 아파트 이곳저곳을 살펴보더니 다시 차를 타고 다시 가버렸다. 잠시 뒤 방송이 나왔는데 오작동으로 사이렌이 울렸으니 안심하고 잠을 자라는 안내 방송이었다. 우리 가족은 놀란 가슴을 쓸어 내렸지만 불이 나는 사고가 난다면 어떻게 해야 하는지 우리가 간과하고 있었던 일이었다.

"정말 불이 나면 어떡하지?"라는 질문을 던졌다.

우리 가족에게는 여러 의견이 나왔다. 물론 불이 나면 정말 안 되겠지만 사람의 일은 모르는 것이기 때문에 우리는 들것을 사다 놨다가 불이 나면 눕혀서 모시고 나가자, 그냥 빨리 엘리베이터를 타자, 1층으로 이사를 가자 등 여러 의견이 나왔다.

하지만 들것에 아빠를 눕힌다고 해도 8층에서 내려가기란 쉽지 않을 것이고, 아빠가 중심을 잡을 수 있는 능력이 없기 때문에 그것은 조금 위험하다. 엘리베이터를 타는 것은 불이 난 상황에서 언제 전기가 끊길지 모르고 더 위험해질 수 있다.

그 결과 우리는 가장 현실적인 방안인 1층으로 이사를 가자는 결론을 내렸고 집을 보러 다녔다. 대개 1층은 도둑이 들까 봐 걱정돼서, 사생활보호가 잘 안 될 것 같아서 꺼려하는 사람들이 많을 줄 알았는데, 의외로 1층이 나와 있는 집이 별로 없었다.

결국 조금 오래된 아파트이긴 하지만 우리가 원하는 조건인 1층의 집을 얻을 수 있었다. 그때부터 지금까지 7년째 살 살고 있는 우리 가족이다. 요즘 새로 생긴 아파트는 1층이 없는 아파트들도 많은데 왜 굳이 1층에 사냐고 물어보는 사람들이 종종 있다. 그럼 우리는 당당하게 "만약 불이 나면 빨리 대피하려고요"라고 대답한다. 물어 봤던 사람들이 당황해 하면, 덧붙여서 "아빠가 거동이 불편하신데 엘리베이터를 타실 수 없잖아요"라고 말한다.

걱정도 사서 한다고들 하시겠지만 1층에 살고 있는 것이 마음도 편하고 너무 좋다.

우리는
아파트 1층에서
살아요

✳ ✳ ✳
우리는 원더우먼

2012년 말부터 2013년 초까지 아빠는 계속 병원에 입원과 퇴원을 반복하셨다. 아빠가 발병한지 10여 년을 지내 왔지만 이렇게 입원과 퇴원을 반복한 적이 없어서 아빠의 약해진 모습에 올 겨울 참 마음이 아프고 힘들었다. 그러면서 아빠가 기능적으로 조금씩 안 하시고, 못하시는 부분도 늘어났다.

이렇게 추운 겨울이 지나고 3월이 되면 우리는 다시 학교 수업을 나가야 하는데, 오전에 병원을 나설 때와 병원 치료를 마치고 집으로 들어올 때 등 낮 시간에 아빠를 엄마한테 맡기고 수업을 나가야 한다는 것이 걱정되었다.

우리 둘은 이런 상황이 큰 고민이 되었다. 우리의 일이 있고 우리가 그동안 10여 년을 배워온 것을 아이들에게 가르친다는 것도 하나의 즐거움이었지만, 우리 둘이 나가서 마음 편하게 아이들을 가르치는 것에 집중 할 수 있을까?

고민 끝에 일을 그만 두기로 했다.

단순하게 한 가지만 생각하고 결정한 것이 아니라 고민과 고민 끝에 신중하게 내린 결론이었다.

엄마도 잘 일어서지도 못하고 조금씩 나빠지는 아빠 상태에 많이 힘들어 하고 계셨다.

물론 우리 나름의 걱정도 있었다. 과연 우리가 우리의 일이 없이 지낸다는 것에 대해 무료함을 느끼게 되진 않을까? 다시 일이 하고 싶어질 때 다시 시작할 수 있을까?

채우정과 채원정이 없어지고 채수달 씨의 딸만으로 살아가게 되진 않을까?

그래도 우리의 마음을 움직이는 건 우린 아빠 곁에 있을 때 편히 웃고 행복해 할 수 있다는 사실이었다. 신중하게 많이 생각해 보고 엄마한테 우리의 생각을 전달했다.

우리의 이야기를 들은 엄마는 말 그대로 난리가 났다.

그런 생각은 하지도 말라고…… 우리가 우리 일을 하면서 살아가고 있는 게 엄마에게 또 하나의 에너지원 이라고…… 우리가 엄마의 희망이 된다고 하시면서 말이다.

아! 그동안 엄마 생각을 못하고 너무 아빠 생각만 했나 보다. 엄마한테도 자랑스러운 딸이 되어야 하는데 말이다. 엄마가 그렇게 놀라고 황당해 하는 모습을 처음 봤다.

그래, 두 가지 다 잘하자!

집에서는 엄마 아빠께, 학교에서는 학생들에게 조금 힘들긴 하겠지만, 더 치열하고 힘들게 사는 사람들도 많이 있다는 것을 알기 때문이다.

오늘도 우리 집 원더우먼 쌍둥이 자매는 열심히 하루를 살아가고 있다. 엄마 아빠의 딸로, 학생들에겐 선생님으로 말이다.

전국의 아버지들 지금 시작하세요!

운동은 살아가는데 있어서 먹는 것만큼 기본이 되는 일이며 건강을 지키기 위한 중요한 방법 중 하나이다. 하지만 운동으로 건강을 지킬 수 있다는 것을 너무 늦게 깨달았다.

요즘은 웰빙 열풍으로 건강을 중요하게 생각하면서 운동을 하는 사람들을 쉽게 찾아볼 수 있다. 특히 요즘 등산을 하는 사람들이 많이 있는데, 아빠는 아프시기 전에 산에 가는 사람들을 이해하지 못하셨다. 왜냐하면 '어차피 내려올 것 뭐 하러 힘들게 올라가느냐'의 생각을 갖고 계셨기 때문이다.

우리 아빠 늘 말씀하시길 "아빠는 항상 열심히 운동을 하고 있어. 지금 이 순간에도 숨쉬기 운동을 열심히 하고 있지!"라며 말씀하셨다. 아빠의 유머러스한 말솜씨에 우리 가족은 웃으며 아빠 운동의 필요성을 간과하고 있었던 것 같다.

아빠는 겨울에는 추워서 운동하는 것을 싫어하셨고, 여름에는 땀이 많이 난다는 이유로 운동하는 것을 싫어하셨다. 아빠의 피부는 아기들 같이 연약해서 여름에 매일 샤워를 하시면 두드러기가 나곤 하셨다. 이런 저런 여러 가지 이유와 핑계를 내시면서 항상 운동을 피하셨고, 그런 아빠에게 우리 가족 누구도 운동을 강요하지는 않았다.

피트니스센터에 가보면, 40~50대 중년의 아저씨들도 운동을 하시면서 건강과 몸매를 유지하시는 분들이 많이 있지만, 키가 작고 배가 나온 좋지 않은 몸매를 갖고 계셨던 아빠는 뱃살은 인격이라며 40세 때는 허리가 40인치, 41세에는 41인치 이렇게 나이에 따라 뱃살과 체중을 늘려가셨다.

물론 아빠의 식생활, 비만 등이 전적으로 뇌출혈을 일으킨 원인은 아니었지만 조금 개선하시고 건강을 위해서 조절하셨다면…… 하는 후회가 되기도 하였다.

아빠가 쓰러지신 후 아빠의 지인분들은 생활 패턴이 많이 바뀌셨다. 등산이나 자전거타기 등 꾸준히 할 수 있는 운동을 시작하신 분들도 계시고, 식생활을 조절하시는 분들도 계시고, 술과 담배를 줄이시는 분들도 계셨다.

늘 주변에 사람이 많았던 아빠가 하루아침에 뇌병변 1급의 장애를 가진 환자가 되시고, 혼자서는 아무것도 할 수 없는 어린아이가 되신 모습은 그 분들에도 충격이었기 때문일 것이다.

아픈 아빠를 늘 바라보는 딸로서 세상의 아버지에게 말하고 싶다.

"가족을 위해 일하느라 운동할 시간이 부족한 아버지들! 가족을 위한 운동, 지금 시작하세요!"

성형수술을 권하는 엄마

엄마는 가끔 친구들 모임에 나갔다 오시면 친구분들에게 좋은 정보를 들었다고 자랑하시며 우리에게 전화번호를 몇 개 알려주신다.

전화번호는 다름 아닌 성형외과 전화번호!

쌍꺼풀이 있는 큰 눈에 동글 동글한 귀여운 외모의 아빠와 큰 눈, 오똑한 코, 작은 얼굴을 갖고 계신 엄마. 평소 '선남선녀'라는 말을 많이 듣고 사신 아빠와 엄마를 별로 닮지 않은 쌍둥이다.

나름 만족하며 살고 있는 우리에게 엄마는 AS를 해 주신다는 핑계로 눈 잘하는 곳, 코 잘하는 곳 등 부위 별로 유명한 성형외과 전화번호를 수집해 오신다.

예쁘지는 않지만 성형 수술 생각 없는 딸들에게 오히려 수술을 권하시다니…….

우리 엄마, 친엄마 맞아?

아픈 사람이 죄

우리 집은 다 용서가 돼도 절대 용납할 수 없는 것이 하나 있다.

그건 바로 아빠 이외의 다른 사람이 아픈 것이다.

2009년경 우리나라는 신종 인플루엔자 때문에 전국이 떠들썩했다.

그 전염병은 우리 집도 피해가지 못했는데, 초기 약도 없던 시기에 우리 집 막내 원정이가 시름시름 앓더니 병원에 가서 검사를 받은 결과 '신종플루'라는 진단을 받았다. 그때는 약도 없어서 원정이는 병이 다 나을 때까지 그냥 앓아야만 했다.

그런데 문제는 아빠!

신종플루는 지병이 있으신 분들께 더 위험했기 때문에 혹시나 아빠한테 옮진 않을까 하고 가족 모두가 전전긍긍했다.

아빠는 고위험군 환자로 분류되어 타미플루를 처방 받아 약을 복용하셨고, 약을 처방 받지 못했던 원정이는 집으로 돌아와 방 밖으로 나오는 것을 금지 당하며 아빠와의 철저한 격리 생활을 통해 신종플루를 무사히 넘길 수 있었다.

이뿐만 아니라 우리 집에서 감기, 눈병, 몸살 등 아빠를 제외한 다른 사람이 아프게 되면 그야말로 구박덩어리가 된다. 병난 것도 서러운데 구박까지 받는 우리는 아픈 순간 죄인이 되는 것이다.

각자가 아빠를 위해 운동과 식이를 통해 몸 관리를 한다.

무엇보다 건강이 최고라는 것을 우리 가족은 많은 경험을 통해 뼈저리게 느끼며 살아가고 있기 때문이다.

운동과 식이를 통해
몸 관리를 한다

엄마는 걱정쟁이

엄마에게 있어 아빠의 뇌출혈은 상상 조차 해 보지 못한
일이었습니다. 물론 그건 우리에게도 마찬가지입니다.
덕분에 우리 엄마는 걱정쟁이가 되었습니다.

출근하는 딸들을 향해
늘 조심히 다니라는 말을 반복하는,

해가 뜨기 전에 어두운 골목길을 지나 출근해야 하는 딸들을 위해
바쁜 아침 시간 정류장까지 데려다주시는,

수업 후 늦은 시각 귀가하는 딸들이 걱정스러워
하루 종일 아빠 간호에 지친 몸으로 딸들의 귀가를 기다리시는,

수업준비 때문에 늦게 자는 딸들을 향해
건강 생각해서 무리하지 말라는 말을 되풀이하시는,

공원에서 운동으로 인라인 스케이트를 타겠다고 하는
다 큰 딸들에게
엄마가 동행하고 지켜볼 때만 타라고 말씀하시는,

충분한 운전 연수를 받고 차를 갖고 나가보려는 딸들에게
키를 내어 주시지 않는,

늘 걱정을 안고 노심초사 조마조마 불안해하는 엄마!
하지만 걱정마세요.
몸 건강, 마음 건강, 정신 건강한 딸들이 될게요.
사랑해요!

3장 가족 이야기

효도할게요

　우리는 고등학교 때 국악부 친구들과 청소년 관련 행사에서 공연을 하고 처음 돈을 벌어보는 경험을 했었다. 다른 친구들의 경우 고등학생 때 패스트푸드점이나 카페 등에서 아르바이트를 하는 경우가 있었지만, 엄마는 아르바이트 할 시간을 아빠와 함께 시간을 보냈으면 좋겠다고 말씀하셔서 우리는 특별히 아르바이트를 경험해 보지 않았다.

　우리가 한 공연은 국악부 친구들과 함께 배웠던 모둠북을 연주를 하는 것이었는데, 국악부 8명의 친구들과 함께 연습하고, 의상을 맞추고, 공연을 하는 모든 것이 새로운 경험과 추억이 되었다.

　공연에 임박하여 연습을 반복하고, 고등학생이라는 신분에 용기를 내서 화려하고 튀는 의상을 입고, 코믹한 춤을 추며 공연을 하였다.

　열심히 준비했던 공연을 마치고 소정의 금액을 공연비로 받게 되었는데, 이 돈이 바로 쌍둥이들이 처음 벌어온 '영광의 돈'이다.

　우리는 처음 벌어본 돈을 예쁜 봉투에 고이 담아, 맛있는 것 사 드시라고 엄마한테 갖다 드렸다. 하지만 엄마는 열여덟 살밖에 되지 않았던 우리가 처음 벌어들인 용돈을 쉽게 쓰지 않으시고 아직도 간직하고 계신다. 그런 모습에서 엄마의 애틋함이 느껴진다.

　우리는 어렸을 때부터 엄마랑 약속했던 것이 있었다. 엄마가 힘든 과정 속에서 우리의 뒷바라지를 해주신 만큼 우리도 금전적으로도 엄마와 아빠한테 보답하고 싶었기 때문에 한 약속인데, 그 약속은 우리가 나중에 커서 돈을 벌면 우리 수입의 50%를 엄마한테 드린다는 것이다.

우리는 약속을 말로만 끝내지 않고 사회생활을 시작한 이후부터 꾸준히 지켜 왔었다. 엄마는 그 돈으로 우리의 이름으로 된 통장을 만드셔서 차곡차곡 저금해 두셨다가 우리가 필요할 때, 예를 들어 한복을 맞춰야 할 때나 악기의 줄을 바꿔야 할 때 부담 없이 사용할 수 있도록 해 주셨다. 우리는 엄마 아빠를 위해서 드렸던 용돈인데 엄마는 다시 우리를 위해서 써주셨다.

아마 엄마는 우리에게 저축하며 생활할 수 있도록 간접적으로 훈련시키기 위해 하신 행동인 것 같다. 그렇게 우리의 통장을 관리해 주셨던 엄마는 작년에 우리에게 그 통장을 주시며 우리가 직접 관리하라고 하셨다. 통장을 받은 우리는 버릇처럼 수입의 일정 금액을 아직도 저금하고 있다.

우리 이름으로 되었던 통장 대신 엄마 아빠의 이름으로 통장을 만들어, 수입의 10%를 꾸준히 모아 두 분을 위해서 사용하고 있다. 아빠를 위해서 각도와 높이를 조절할 수 있는 의료용 침대, 여름엔 시원하게, 겨울엔 따뜻하게 덮으실 수 있는 이불, 패션리더 아빠를 위한 옷이나 소품을, 엄마의 위해서는 일 년에 한 번씩 엄마의 건강을 위해 건강검진을 해드리고, 엄마가 좋아하시는 팔찌, 반지, 목걸이, 신발 등을 사드리기도 한다. 엄마와 아빠께 무언가를 해 드릴 수 있다는 것에 늘 감사하게 생각하면서 말이다.

우리가 생각하기에 '나중에 잘 해드릴게요', '돈 벌어서 효도할게요.'라는 말은 없다.

'나중'이라는 말은 늘 뒤로 미루는 핑계가 되고, 돈을 많이 번다는 것은 상대적이기 때문에 기약이 없다. 지금 시작해야 하는 것이 바로 '효도'라고 생각한다.

그래서 우리는 우리가 할 수 있는 만큼 최선의 효도를 지금부터 시작할 것이고 앞으로도 열심히 할 것이다.

엄마 아빠, 효도할게요!

아빠를 위해서 각도와 높이를 조절할 수 있는 의료용 침대,
여름엔 시원하게, 겨울엔 따뜻하게 덮으실 수 있는 이불,
패션리더 아빠를 위한 옷이나 소품을, 엄마의 위해서는 일 년에
한 번씩 엄마의 건강을 위해 건강검진을 해드리고,
엄마가 좋아하시는 팔찌, 반지, 목걸이, 신발 등을 사드리기도 한다.
엄마와 아빠께 무언가를 해 드릴 수 있다는 것에 늘 감사하게
생각하면서 말이다.

4장

·

추억 이야기

첫사랑을 만나 결혼한 사람이 아니라면 첫사랑의 존재는 완벽히 숨긴 채
지금의 결혼 생활에 충실할 것이다. 우리 집도 예외는 아니었다.
한 외모 하시는 아빠에게 화려한 과거가 있을 것이라는 추측은 있었지만,
이렇게 자세히 알게 될 줄은 몰랐다.

새벽 소동

다 성장한 우리는 아직도 엄마 아빠와 한 공간에서 잠을 잔다.

우리 집은 개인공간의 필요성을 느끼지 못해서 방에서 생활하기보다 거실에서 함께 생활하는 편이다. 잠을 잘 때, TV를 볼 때, 책을 볼 때, 공부할 때, 연습할 때 등등 대부분의 생활을 아빠의 자세, 상태 등을 살펴볼 수 있는 거실에서 하는 편이다.

그날도 역시 아빠와 엄마는 매트 위에서, 우리 세 딸은 바닥에 이불을 깔고 잠을 자고 있었다. 늦게 잠을 자고 일찍 일어나기 때문에 한 번 잠들 때 숙면을 취하는 우리는 잠귀가 무척 어둡다. 하지만 푹 자고 있던 우리에게 자다가 숨이 멎는 듯한 일이 생겼다. 충격을 받고 눈을 떠보니 매트 위에서 주무셔야 할 아빠가 우리와 눈을 마주치고 있었던 것이다. 아니 이게 웬일인가. 과정은 이러했다.

몸을 조금씩 움직이셨던 아빠가 뒤척이시다가 중심을 잃고 순간적으로 매트 아래로 떨어지셨던 것이다. 놀라서 깼던 우리는 아빠의 무사함을 확인하고 난 뒤 한바탕 웃을 수 있었다.

매트 밑에서 잠을 자고 있었던 우리가 아빠의 에어백이 되었던 것이다. 물론 다음날 몸이 쑤시는 후유증이 있었지만 말이다.

새벽의 묵직한(?) 소동이 우리에게 또 하나의 작은 추억이 되었다.

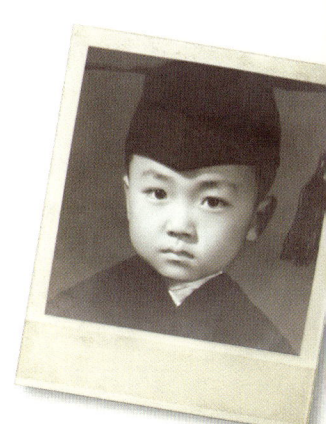

❋❋❋

아빠의 첫 사랑

아빠의 과거를 아는 딸들은 우리나라에 몇 명이나 있을까?

첫사랑을 만나 결혼한 사람이 아니라면 첫사랑의 존재는 완벽히 숨긴 채 지금의 결혼 생활에 충실할 것이다.

우리 집도 예외는 아니었다.

한 외모 하시는 아빠에게 화려한 과거가 있을 것이라는 추측은 있었지만, 이렇게 자세히 알게 될 줄은 몰랐다.

정보의 출처는 다름 아닌 아빠!

아빠가 처음 중환자실에서 의식이 돌아오고 그즈음 아빠의 기억도 과거로 가 있었고 눈을 뜨고 찾는 분은 엄마가 아닌 첫사랑 '옥미 아줌마'였던 것이다.

이에 엄마는 깨어난 것도 감사한데 누구를 찾던 무슨 상관이나 하고 신경 쓰지 않으셨지만, 아빠를 보러 오신 고모들은 그런 아빠의 모습을 보고 정신 차리라며 나무라셨다.

하지만 ㄱ 또한 아빠의 의지대로 되는 것이 아니었기에 그런 모습도 소중했다.

문제는 옥미 아줌마뿐 아니라 그 이후에 화려하신 여자 친구분들이 줄줄이 나왔다는데 있다. 덕분에 우리는 아빠의 잊힌 옛 여자 친구들에 대해 알 수 있었다. 지물포집 딸이자 미모가 뛰어나셨던 종윤이 아줌마, 하숙집 딸 현숙이 아줌마, 옥미 친구 주희 아줌마까지…….

아빠의 과거도 모자라 병문안 온 친구들의 과거까지 의도치 않게 발설하시게 되었다. 그래서 한동안 아빠 친구분들은 부인과 동행하여 아빠 병문안 오기를 꺼려하셨다고 한다.

첫사랑을 추억하는 아빠에게 첫사랑과의 만남이 이뤄지게 되었다.

지난 2009년 〈인간극장〉 방송 때 아빠의 첫사랑 아줌마에 관한 언급이 있었다. 헤어진 이후 미국으로 이민을 갔다는 소식만 알고 있었는데, 지난 여름 한국에 잠깐 들르러 나오시면서 그 시절을 함께 보냈던 주변 친구분들과 함께 아빠를 보러 오신 것이다.

아빠 기억 속엔 중·고등학교 시절의 친구 모습일 텐데 이젠 다들 중년이 되신 모습에 시간의 흐름과 날짜를 잘 모르시는 아빠에겐 인정할 수 없는 친구들이 되어 버렸다. 세월의 흐름을 인정하지 않으시고 친구가 아니라고 처음 보는 사람들이라며 낯설어 하셨다.

아빠가 그렇게 찾던 첫사랑과의 역사적인 만남은 어색한 만남이 되었지만, 그래도 인생의 한 부분, 그것도 아빠가 행복해 하고 생각만 해도 웃음 짓게 하는 고등학교 학창시절을 함께 기억하고 있는 친구분들과의 시간이 아빠에겐 소중한 추억이 되었을 것 같다는 생각에. 바쁘신 데도 아빠를 보러 와 주신 친구분들께 감사하고 가슴 한 켠이 뿌듯해졌다.

속도위반

어렸을 때 우리 가족은 여름방학, 겨울방학에 맞춰 즐거운 가족 여행을 떠났다.

큰 기대를 갖고 떠났던 어느 여름휴가 때의 일이다.

그해 휴가는 살아 있는 국사교육을 하자는 계획을 갖고 경주로 가족 여행을 떠나게 되었다.

아빠는 운전을 하시고, 엄마는 조수 역할을, 우리 세 딸은 뒤에서 시끌벅적하게 얘기하며 화목한 분위기로 떠나던 가족 여행을 생각하면, 지금도 입가에 미소가 지어진다.

아빠가 운전대를 잡고 경주에 거의 도착했을 무렵 긴장이 풀렸는지 아빠도 모르는 사이에 점점 속도를 내었나 보다.

우리 차가 제한 속도를 넘기고 신나게 달리고 있었던 것을 교통정리를 하고 있는 경찰 아저씨가 보시고 우리 차를 갓길에 세우셨다. 아빠는 차에서 내려 경찰 아저씨의 요구대로 면허증을 제시하였고 아빠는 주의를 하겠다고 한 번만 봐 주실 것을 부탁하였다. 하지만 이미 위법을 한 터라 경찰 아저씨도 법대로 벌금을 부여하려는 찰나 우리 아빠의 마지막 한마디로 우린 모두 최고의 표성 연기에 들어갔다.

"아주 오랜만에 애들 데리고 나왔는데 한 번만 봐주세요. 애들도 셋이나 되는데(우리들을 바라본다)…… 앞으로 조심하겠습니다."

아빠의 말을 듣고 경찰아저씨가 차안을 들여다보실 때 우리 셋은 누가 시키지도 않았는데 간절한 눈빛 연기에 돌입하였다.

우리의 눈빛 연기가 통했는지 마음 약한 경찰 아저씨가 딱 한 번, 다시는 위반하지 않을 것을 약속하고 우리 가족을 보내주셨다.

"경찰 아저씨, 감사합니다!"

능력자 아빠

* * *

　초등학생 시절 여러 분야의 숙제와 과제들을 엄마 아빠의 도움을 많이 받으며 함께했던 것 같다. 솔직히 말하자면, 두 분이 많이 도와주셨다.

　우리가 기억하는 아빠는 아주 가정적인 분이셨다. 초등학교 고학년만 되어도 아빠와 대화를 하지 않고 지내는 친구들도 있었는데, 대화가 많은 우리 가족에게는 있을 수 없는 일이었다.

　6학년 때의 일이다. 불조심 강조의 달인 11월, 불조심에 관련된 표어 쓰기와 포스터 그리기 대회가 있었다. 그림을 그리고 색칠하는 것을 잘 하지는 못하지만 불조심 표어쓰기 대회에 한 번 제출하고 싶다는 생각이 들었다.

　엄마와 아빠가 함께 고민하던 중 엄마가 멋있는 표어를 생각해 주셨다. 아직도 잊히지 않는 불조심 표어는 '내가 버린 작은 불씨, 큰 불 되어 나에게로'였다. 멋진 표어는 정해졌지만 미술을 잘하지 못하였던 나의 색칠 실력을 보시곤 아빠는 안 되겠다 싶었는지 포스터물감과 종이를 가져오라고 하여 내가 완성해야 할 표어를 아빠가 완성해 주셨다. 이번 표어 대회를 통해 아빠의 숨겨 왔던 미술 실력을 볼 수 있었다. 그해 엄마와 아빠 덕분에 포스터, 표어 그리기 대회에서 내가 최우수상을 받았다.

또 한 번은 과학의 달을 맞이하여 교내 글라이더 대회가 열렸었다.

전교생을 대상으로 하는 대회이기에 다음날 가져가야 할 글라이더를 만들어 놓고 잠들었다.

퇴근 후 아빠는 내가 만들어 놓은 글라이더를 보시곤 이거 날지도 못하는 글라이더를 만들었다며 내가 잠을 자는 사이에 재료를 다시 사와서 밤새 멋진 글라이더를 만들어 놓으셨다. 그해 교내 대회에서 역시 아빠 덕분에 상을 받을 수 있었다.

우리 아빠는 우리가 공부하는 것, 시험 보는 것에 크게 관여하시거나 공부를 하라고 나무라시지는 않으셨지만, 이렇게 뒤에서 딸들의 부족한 부분을 도와주시는 든든한 아빠이자 능력자 아빠셨다.

든든한 아빠이자
능력자 아빠

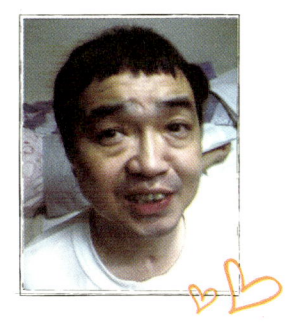

앞머리 수난시대

쌍둥이 앞머리

20대 초반 우리 둘의 머리스타일은 짧은 앞머리의 뱅 스타일 앞머리를 고수해 왔었다.

하지만 짧은 앞머리는 생각보다 금방 자랐고 매번 미용실에서 머리를 다듬는 것은 비용이나 시간적으로 부담이 되었다.

급기야 우린 각자 가위를 들고 거울 앞에 서서 앞머리를 자르는 경지에 올랐다. 서로 자기가 더 잘 자른다고 자부하면서 말이다.

주위 사람들은 웬만하면 기르던지 미용실을 가라고들 하였지만, 20대 초반의 자신감인지 비뚤비뚤하고 깔끔하지 않아도 짧은 앞머리를 잘도 잘랐다.

몇 달 후 앞머리 자를 때가 되어 우린 가위를 들고 또 거울 앞에 섰다. 서로의 앞머리를 마치 먹잇감을 발견한 듯한 눈빛으로 쳐다본 우리. 이번엔 서로의 머리를 잘라 보자는 것에 합의를 하게 되었다. 대신 서로 탓하기 없기를 두 손가락 걸고 약속하면서 말이다.

거울은 보지 않은 상태에서 서로를 믿고 머리를 맡긴 채 둘 다 머리를 자른 후 거울을 보기로 하였다. 머리를 맡기고 있는 시간이 불안하였지만 이미 잘려간 머리를 어찌하리오!

자르고 다듬고 나름 공을 들인 후 둘이 함께 거울 앞에 섰다.

어쩜 둘 다 이렇게 얼굴을 망쳐 놓았는지!

엄마는 창피하다면서 당분간 밖에서는 아는 척 하지 말자고 우릴 외면하였다. 그리고 다시는 서로에게 머리를 내어주진 않았다.

수달씨 앞머리

사건은 엄마가 우리에게 아빠의 보필을 부탁하시고 잠시 외출하셨을 때 일어났다.

우리 : 아빠 우리 앞머리 예뻐? (당시 우리 앞머리는 아주 짧은 상태였다.)

아빠 : 응.

우리 : 아빠도 이렇게 해줄게! 우리 아티스트인데,

　　　 아무나 머리 안 잘라줘.

그리고 아빠는 방어 없이 앞머리를 내어 주셨다.

평소 카리스마 이미지가 아닌 귀여운(?) 이미지를 고수하시던 아빠의 외모가 딸들의 손끝에서 최강 귀여운 아빠로 등극하는 순간이었다. 외출에서 돌아온 엄마는 우리 세 부녀의 모습에 입을 다물지 못했다. 그 후 한동안 외출을 하실 때면 아빠 앞머리를 자르지 말라고 신신당부를 하시며, 혹시나 우리가 또 사고를 치진 않을까 불안해하시며 외출을 하시게 되었다.

우리 눈에 아빠한테 참 잘 어울렸는데, 다른 사람들 눈에 그저 우습게만 보였나보다.

운전연수

　운전면허를 취득한 지 몇 년이 지난 지금도 우리는 운전을 하지 않고 대중교통을 이용한다.

　바로 엄마의 염려증 때문이다.

　아빠가 쓰러지신 일은 그 누구도 예상하지 못한 일이었다. 상상도 하지 못했던 일. 그래서인지 엄마는 혹시나 우리가 차를 갖고 나갔다 사고라도 생길까 봐 늘 걱정에 걱정을 하신다.

　하지만 늘 엄마의 염려 속에서 살 수 없기에 다시 운전연수를 받고 운전에 도전하려고 한다.

　아빠가 건강하셨다면 어른이 되어 면허를 딴 우리들의 서투르게 시작하는 운전을 안전하게 배울 수 있도록 자상하게 연수해 주셨을 것이다. 엄마도 아빠한테 운전을 배우셨다고 하는데, 너무나 잘 가르쳐 주셨다고 항상 자랑하신다.

　어렸을 때 사람 좋아하고, 술을 좋아하셨던 아빠는 우리에게 이런 말씀을 자주 하시곤 했다. '너희가 빨리 커서 애비 술 마시고 늦으면 차갖고 데리러 와!'라고……. 이제는 얼마든지 아빠가 불러 주기만 하면 모시러 갈 수 있는데 아빠를 모시러 갈 때가 없어서 아쉽다.

아빠와의 나들이

우리 집 유리왕자인 아빠와의 외출은 늘 조심스럽고 신중하게 결정해야 한다.

외출할 때는 장소나 날씨가 큰 영향을 미치는데, 야외로 나갈 경우 휠체어를 타고 이동해야 하는 아빠 때문에 길이 울퉁불퉁해서도, 비포장 된 길도, 땅이 질어서도 안 되고, 자갈밭도 위험하다. 계단이 있는 곳은 말할 것도 없고 길의 상태가 잘 되어 있는지를 확인하는 것은 필수 요소가 되었다.

건강한 사람들은 영화관에 가서 영화를 보거나 박물관을 찾아가 관람하는 것은 쉽게 할 수 있는 일이지만, 우리 집의 외출은 원하는 장소가 휠체어로 이동할 수 있는 경사로가 되어 있는지 엘리베이터를 사용할 수 있는지 등을 미리 확인하여야 한다. 종종 기대를 갖고 나섰던 나들이 길에서 생각보다 휠체어로 갈 수 있는 형편이 되지 않아 되돌아 온 적도 종종 있었다.

하지만 감사하게도 휠체어가 다니기 편리하게 배려해 놓은 곳도 생각보다 많이 있었다.

이러한 장소를 바탕으로 즐거웠던 우리 가족 나들이의 추억을 몇 자 적어 보려고 한다.

베어트리파크

천안에 위치해 있으며 백여 마리의 반달곰도 볼 수 있고 꽃과 나무들이 즐비한 곳이었다. 우리가 갔을 때는 10월이라서 날씨가 조금 선선하기는 했지만 춥지는 않았다.

아빠가 휠체어를 타고 다니기 쉽도록 길도 잘 포장되어 있었고, 가을 햇살을 받으며 다니기도 편안했던 즐거운 나들이었다.

장미축제

집 근처 가까운 올림픽 공원 장미 광장에서 매년 6월경에 열리는 축제로, 150여 종의 다양한 장미를 한 곳에서 볼 수 있는 축제였다. 시기적으로 조금 늦게 가서 그런지 예쁜 꽃의 대명사인 장미가 시들시들해서 기대했던 것보다 예쁘지 않아서 아쉬웠지만, 꽃보다 예쁜 우리 아빠가 다양한 종류의 장미꽃을 보며 치유할 수 있었던 행복한 나들이었다.

선사유적지

암사동 근처에 있는 초등학교를 다녔기 때문에 초등학교 1학년 때 소풍장소의 단골이었던 선사유적지에 정말로 오랜만에 놀러갔다. 어렸을 때는 엄청 넓고 신기한 곳으로 기억하고 있었는데, 어른이 되어서 다시 온 선사유적지는 예전과는 많이 다른 느낌을 주었다.

선사유적지의 입구가 부분적으로 모래와 잔디로 되어 있어서 아빠가 휠체어로 이동하시기에 조금 힘들었시만, 좋은 햇살과 다양한 움집 앞에서 사진을 찍으며 즐거운 한때를 보냈다.

꼭두박물관

뜨거운 햇살이 내리 쬐던 여름 날 야외 활동엔 무리가 있음을 느끼고 실내에 가 볼만 한 곳을 검색하다 알게 된 꼭두박물관에 나들이를 갔다. '꼭두'란 상여의 부속물로 이승과 저승, 현실과 꿈 사이를 오고 가는 천사나 신선으로, 괴로워하고 슬픔에 잠긴 이를 위로해주는 일을 하는 나무로 된 인형이었다.

평일 낮 시간에 가서 사람이 없었고 조용한 가운데 여유 있게 관람할 수 있었다. 아빠가 힘들어 하시기 때문에 우리 가족의 외출시간은 길지 않은데, 혜화동이라서 집에서도 가깝고 한 시간 내에 모두 둘러볼 수 있을 정도의 규모라 좋았다.

어린이대공원

고등학교가 어린이대공원 후문에 위치해 있었기 때문에 우리에게 익숙한 곳이기도 한 어린이대공원.

동물도 볼 수 있고 시원하게 뻗어내는 분수와 예쁘게 꾸며 놓은 꽃과 나무가 있어서 사진을 예쁘게 담을 수 있었던 곳이다. 언덕이 있어서 아빠를 모시고 다니면서 뒤에서 휠체어를 밀던 엄마와 우리들에겐 운동까지 할 수 있었던 1석 2조의 나들이였다.

창경궁

전생에 왕이었다고 주장하시는 아빠를 위해서 함께 간 창경궁.

사람들도 굉장히 많이 있었고 철쭉도 만개해서 너무 예뻤다. 산책하던 중 예상치 못한 비가 조금씩 내리고 바람이 불어서 아빠가 감기

거릴까 봐 마음 졸였지만, 우리나라의 멋진 궁을 가족과 함께 둘러보며 추억을 남길 수 있었던 나들이였다.

야간경복궁

일 년에 몇 번 없는 야간 경복궁 개장!

낮에도 너무나 멋지고 예쁘지만 저녁 땐 어둠속에서 보이는 궁의 웅장한 모습이 멋졌던 곳이었다. 사람들 마음이 다 똑같은지 멋진 경복궁 야경을 보기 위해서 나선 사람들로 인산인해였다.

바닥이 아스팔트로 되어 있지 않고 어두워서 아빠와 함께 산책할 때 몇 번 위험했지만 쉽게 볼 수 없는 멋진 야경을 구경할 수 있었다.

북촌한옥마을

멋진 한옥을 보기 위해서 찾아간 마을.

아파트에서 산 지 오래되어서 그런지 이렇게 멋진 한옥에 살고 있는 사람들이 부러웠다. 구경하러 온 사람들이 우리나라 사람들뿐만 아니라 외국인들도 굉장히 많이 있었다. 휠체어타고 계신 아빠와 함께 다니기에는 가파른 언덕 때문에 조금 위험한 곳들이 있었다.

우리나라의 멋을 느낄 수 있는 집 앞에서 멋지게 사진 찍으면서 즐거운 한때를 보냈다.

곤지암리조트

하루, 한나절 만에 들어오는 나들이가 아닌 2박 3일의 일정으로 떠난 겨울휴가.

스키장으로 간 휴가였지만, 엄마는 혹시나 넘어져서 다치게 되면 아빠를 돌볼 수 없다는 이유로, 우정, 원정이는 혹시나 넘어져 손이나 팔이 부러지면 일을 할 수 없다는 이유로, 언니는 함께 탈 동지가 없다는 이유로 사이좋게 스키장 구경과 리조트 내 산책만 하고 돌아온 겨울 휴가지.

오랜만에 집에서 벗어나 가족이 함께했던 여행이었다.

홍천 대명리조트 소노펠리체

성수기보다는 사람들이 많이 없는 비수기를 이용해 조금 이른 휴가를 다녀왔다. 오랜만에 여유 있는 시간을 보내며, 좋은 공기를 마시고 예쁜 풍경들을 보면서 사진도 많이 남기고 가족이 함께 마음을 치유하는 시간이 되었다.

고급스러운 분위기의 객실에서 휴가를 만끽하였고, 좋은 기운을 많이 얻어 즐거운 마음으로 여름을 보낼 수 있는 에너지를 한껏 받고 돌아왔다.

석촌호수

집에서 가까운 멋진 곳이지만, 좀처럼 쉽게 가지 않았던 곳이었다. 햇살이 따듯한 봄, 우연히 버스를 타고 집에 가던 중 석촌호수에 멋지게 핀 개나리와 벚꽃을 보고 주말에 가족 모두가 꽃구경을 갔다. 꽃이 만개하여 그림 같은 배경과 넓은 호수와 함께 예쁜 사진을 담아올 수 있었다.

성내천

올림픽공원 내에 위치한 몽촌토성을 돌아 한강으로 유입되는 하천으로, 예전에 비해서 길을 잘 다듬어 놓아 아빠와 무리 없이 편하게 산책할 수 있었지만 자전거를 타는 사람들도 많아서 조금 위험한 순간도 있었다.

보기만 해도 시원한 인공폭포와 분수대 등을 설치해 놓았을 뿐만 아니라 흐르는 물과 예쁘게 핀 꽃, 푸른 나무 등 삼박자를 고루 갖추고 있었다. 가까우면서도 좋은 공기를 마시며 돌아 올 수 있는 매력을 지닌 곳이었다.

화담숲 수목원

신선한 날씨에 곤지암에 위치해 있는 화담숲 수목원에 나들이를 갔다. 수목원에는 관람을 위해 모노레일이 설치 되어있었지만 우리가 갔던 날은 관람객이 많아 모노레일을 탈 수 없었다.

조금 힘들 것을 예상했지만 씩씩하게 아빠의 휠체어를 밀면서 산책을 시작했다. 휠체어나 유모차를 배려하기 위해 원만하게 길을 만들어 놓았지만 생각보다 경사가 가팔라서 위험한 곳들도 있었다.

힘들었던 것 만큼 너무나 예쁘고 멋진 배경을 볼 수 있었던 나들이었다.

창경궁

경복궁

곤지암스키장

어린이 대공원

장미축제

성내천

소노펠리체

화담숲

오만 원? 그게 뭐예요?

세상에 돈 싫어하는 사람 없다. 우리 아빠도 그중 한 사람이다.

아빠와 돈에 대한 추억거리 몇 가지를 이야기해 보려고 한다.

아빠가 쓰러지시기 전 2002년도에는 우리나라에 오만 원권 지폐가 없었다. 이 때문에 아빠의 기억 속엔 오만 원이라는 돈은 없다. 아빠가 생각하는 오만 원권은 아이들이 가지고 놀 수 있는 은행놀이의 장난감 돈뿐이다.

아빠에게 용돈을 드리기 위해 각각의 지폐로 천 원권, 오천 원권, 만 원권, 오만 원권을 펼쳐서 "아버님, 원하는 것을 가져가세요"라고 하면 만 원의 다섯 배인 오만원은 쳐다보지도 않고 '배춧잎'이라고 불리는 만 원권을 가지고 가신다.

아빠에게 노란색 돈이 오만 원이라고 알려 드리면 "까불지마"라고 시크하게 말씀하시며 만 원짜리를 고집하신다. 아마 오천 원권으로 생각하시는 것 같다.

"아빠 오만 원권의 존재를 기억하세요!"

애교심

나라를 사랑하는 마음인 애국심.

학교를 사랑하는 마음인 애교심.

회사를 사랑하는 마음인 애사심.

사랑의 종류에는 여러 가지가 있겠지만, 우리 아빠는 특히 애교심에 남다른 애정을 갖고 있다.

20대 중반인 우리도 벌써 초등학교를 졸업한 지는 14년, 중학교 졸업한 지는 11년, 고등학교 졸업한 지는 8년 정도가 지났다. 길다면 길고 짧다면 짧은 기간이지만, 솔직히 우리는 초·중·고등학교의 교가가 잘 기억나지 않는다.

하지만 애교심이 강한 우리아빠는 아직도 출신 고등학교가 '대(大)영훈고등학교'라면서 졸업한 지 수십 년이 지났지만 고등학교 교가를 가사 하나 틀리지 않고 정확하게 기억하고 계시고 또 즐겨 부르신다.

아빠에게 딸들이 해드리는 애교는 나란히 서서 아빠의 고등학교 때 교가를 불러드리는 것이다. 아빠가 워낙 좋아하시는 노래이기에 우리모두 외우고 있기 때문이다.

그럴 때미디 아빠는 함박웃음을 지으시면서 너무나 좋아하신다.

"북한산 도봉구에~ ♪"

혹시 실수로 가사를 틀리기라도 하면 친절하게 고쳐 주시기도 한다. 이래도 좋고 저래도 좋고 아빠가 기뻐하시고 많이 웃을 수 있다면, 우리는 날마다 아빠 앞에서 아빠의 고등학교 교가를 열심히 부를 것이다. 어린 딸들이 유치원에서 배운 노래를 엄마 아빠 앞에서 부르면 부모님들이 행복해하는 것처럼, 성인이 된 우리들이 나란히 아빠 앞에 서서 영훈고등학교 교가를 부르면 아빠는 너무나 행복해하신다.

우정이의 졸업사진은 어디로?

초등학교 6학년 졸업앨범 사진을 찍고 며칠이 지난 후 사진관에서 연락이 왔다. 채우정 학생의 졸업앨범 사진이 없어서 다시 찍어야 하니 사진관으로 오라는 연락이었다.

우정이는 분명히 찍었는데 사진이 없어졌다는 말을 듣고 조금 황당했지만 사진관으로 갔다.

사진관 아저씨 하시는 말씀이, "두 친구가 쌍둥이인 줄 모르고 앞뒤로 있기에 똑같은 사람이 두 번 찍혔나 하고 한 장을 버렸어. 미안하네."라는 것이었다.

출석번호가 원정이 바로 뒤였던 우정이는 아저씨가 같은 사람인 줄 알고 그렇게 하신 거였다.

우리는 거울을 보며 많이 다르다고 생각하는데, 처음 보는 사람은 닮았다고 생각하나 보다. 초등학생 때만 해도 옷까지 똑같이 입고 다녔으니 한 사람이라고 생각하실 수 있었을 것 같다.

우정이의 사진을 버려주신 사진관 아저씨 덕분에 쌍둥이의 추억이 하나 더 추가된 셈이다.

신발 던지기

어렸을 때 했던 기억나는 놀이를 말하라고 하면 어떤 놀이들이 있을까? 딱지치기, 팽이치기, 공기놀이, 땅따먹기. 고무줄놀이 등 컴퓨터 게임이나 스마트폰을 이용한 게임을 많이 하는 지금과 달리 우리가 어렸을 때만 해도 동네 친구들이 함께 어울려서 하는 놀이들이 많이 있었다.

아빠는 팽이치기가 유행일 때는 함께 팽이치기를 해 주셨고, 공기놀이가 유행일 때는 집에서 우리가 좋아하는 간식을 내걸고 수달배 공기 시합을 열기도 하였다.

우리 가족은 특히 외식을 하고 돌아오는 길에 소화도 시킬 겸 재미있게 하던 놀이가 있는데, 그 놀이의 이름은 바로 '신발던지기'이다. 신발던지기는 아빠와 세 딸이 길 중간에 일렬로 서서 힘찬 구령과 함께 신발을 멀리 던지는 놀이이다.

가장 멀리 던지는 사람이 이기고, 제일 가까이 던지는 사람이 모든 신발을 주워 와야 하는 단순하면서도 중독성 있는 게임.

이 게임을 하면서 참 많이 웃고 즐거워하던 행복한 우리 가족의 모습이 떠오른다. 그 어린 시절 우리의 눈높이에 맞춰주시던 천진난만 아빠와의 놀이가 오늘따라 더 그리워진다.

병문안 소풍

아빠가 쓰러지시고 수개월간은 수원에 있는 아주대 병원에 입원하여 치료를 받으셨다.

우린 주중에는 학교생활 때문에 아빠한테 자주 가지 못했고 주로 주말에 아빠를 가서 보고 오곤 했는데 그 당시 수원으로 아빠를 보러 가는 길이 생각난다. 아마 그때 우리의 생각과 마음가짐은 아직 철이 없었다고 해야 맞을 것이다.

아빠를 보러 갈 때면 일주일 만에 아빠를 만난다는 생각에 기분 좋고 설레기도 했지만 2시간 정도 버스타고 가는 길도 항상 기대하였다. 우리끼리 버스를 갈아타면서 먼 거리를 간 경험이 많지 않았었기 때문에 마치 소풍을 가는 것처럼 느껴졌다.

버스를 타기 전에는 지루함을 잊기 위해 과자, 빵, 아이스크림 등 좋아하는 간식거리를 잔뜩 사갖고 타서 즐거운 마음으로 아빠를 보러 갔다.

엄마는 아빠를 간호하시느라 고생하며 식사도 제대로 못 하시고, 아빠는 움직이지 못하고 병마와 싸우고 계셔서 점점 말라가고 계시는데 우리의 봄은 소풍 같은 병문안 덕에 점점 불어나고 있었다.

지금 생각해보면 어린 딸들의 철없는 병문안 길이었던 것 같다.

쌍둥이의 실속 있는 선물

돈으로 장난을 치면 안 되지만, 가끔 기념일 날 돈을 이용해서 아빠가 소장할 수 있는 선물을 드리곤 한다.

어버이날 초등학교로 수업을 나갔다가 아이들이 부모님께 드릴 카네이션을 종이접기로 예쁘게 만들고 있는 것을 보고 아이들에게 쉬는 시간을 활용해서 배워왔다.

집에 도착하여 제대로 배워왔는지 접어 본 뒤, 만 원권 지폐를 이용하여 카네이션을 만들어 달아 드렸다. 아빠는 한 번에 카네이션도 받으시고, 덤으로 용돈도 받으셨다.

모양이 예쁘든 화려하든, 직접 접은 카네이션을 드려도 꼭 생화를 찾으시는 아빠는 그 해에 왼쪽, 오른쪽 가슴에 각각 생화와 조화를 달고 어버이날을 보내셨다.

빼빼로데이 역시 아빠가 좋아하시는 초콜릿이 듬뿍 들어 있는 맛있는 빼빼로와 함께 오천 원권을 돌돌 말아 골판지로 마무리해 빼빼로와 모양이 비슷한 실속 있는 빼빼로를 만들어 드렸다. 어린아이 같이 순수한 우리 아빠는 먹는 빼빼로가 더 좋다고 하신다.

아빠! 실속 있는 빼빼로로 아빠가 드시고 싶으신 것 많이 사 드세요!

✳ ✳ ✳
봉사활동

중·고등학교 때의 봉사활동은 학교 교육과정에 포함되어 있기 때문에 의무감에 하는 봉사활동이었던 것 같다.

하지만 대학생이 된 우리에게 봉사활동의 개념은 조금 바뀌었다. 누가 시켜서 하는 수동적인 봉사활동이 아닌 우리가 자율적으로 하는 봉사활동에 관심이 가게 된 것이다.

우리 자매는 가야금을 전공하였기 때문에 전공을 살려 가야금으로 민요, 가요, 팝송 등을 편곡하여 사람들이 부담 없이 들을 수 있도록 연습한 뒤 아빠가 다니시는 강동 성심병원과 서울 아산병원에서 연주 봉사활동을 하였다.

가야금 두 대 만으로 부족한 부분을 피아노 연주를 잘 하고 좋아하던 큰언니가 함께해 주었다.

공연장에서 들을 수 있는 화려하고 멋진 음악은 아니지만, 몸이 불편한 환자분들이 우리의 연주를 듣는 시간만큼은 아픔을 내려놓고 편안한 마음으로 감상할 수 있는 즐거운 음악을 들려 드리려고 노력했다.

대학생 때는 수업이 없는 날에 시간을 맞춰서 종종 봉사활동을 했지만 사회인이 된 지금은 큰언니도 직장을 다니고 우리도 학교 수업 때문에 시간이 잘 맞지 않아 연주를 못하고 있다. 하지만 우리를 필요로 하고 시간만 허락된다면 언제든지 봉사할 준비가 되어 있다.

우리 자매는 가야금을 전공하였기 때문에
전공을 살려 가야금으로 민요, 가요, 팝송 등을
편곡하여 사람들이 부담 없이 들을 수 있도록
연습한 뒤 아빠가 다니시는
강동 성심병원과 서울 아산병원에서
연주 봉사활동을 하였다.

5장

·

우리 이야기

아빠가 아프시고 난 뒤 엄마의 관심 대상이 하루아침에 우리에서 아빠로
바뀌게 되었기 때문에 우리의 신분은 손에 물 한방울 묻히지 않았던 공주에서
무수리로 바뀌게 되었다. 하지만 불만을 가지진 않는다.
비록 공주에서 신분 하락이 되긴 하였지만, 오늘도 우리 집 쌍둥이는
즐겁게 집안일 중일 것이다.

✳ ✳ ✳
쌍둥이라서

세상에 나와 같은 얼굴을 갖고

같은 꿈을 꾸고

같은 생각을 하고

같은 곳을 바라보고

말하지 않아도 나를 잘 알아주는

늘 내 편이 되어주고

늘 나를 믿어주고

늘 나를 응원하고

늘 나에게 용기를 주는

나와 함께 고민하고

나와 함께 걱정하고

나와 함께 생각하고

나와 함께 의논하는

또 하나의 내가 존재한다는 사실이
오늘도 고맙고 행복하다.

나는 우정이

나는 원정이

신분 하락한 쌍둥이

우리의 어린 시절을 생각해 보면, 우리 곁에는 엄마가 항상 계셨다는 것이 떠오른다.

우리의 이경원 여사님. 소위 말하는 한 치맛바람을 하시던 엄마였기 때문이다. 그렇다고 강남처럼 치열한 그런 엄마는 절대 아니었다. 그저 딸들에게 헌신하는 엄마라고 표현하는 것이 맞을 것이다.

아빠가 아프시기 전, 엄마의 생활은 우리에게 맞춰져 있었고 우리가 모든 생활을 할 때 그림자처럼 함께 계셨다. 가야금 레슨을 할 때, 시창·청음 레슨을 할 때, 학원을 다닐 때 등 언제나 우리가 가는 길을 늘 동행해 주셨다.

학교에서 효경의 날이라고 집에서 부모님 대신 설거지나 실내화 빨기의 숙제가 있어도 엄마는 나중에 시집가면 많이 하게 될 것이라며 딸들의 작은 봉사마저도 거부하시곤 하셨다.

어떻게 보면 우린 집에서 '공주' 대접을 받으며 살았던 것이다.

하지만 아빠가 아프시고 난 뒤 엄마의 관심 대상이 하루아침에 우리에서 아빠로 바뀌게 되었기 때문에 우리의 신분은 손에 물 한방울 묻히지 않았던 공주에서 무수리로 바뀌게 되었다. 하지만 불만을 가지진 않는다.

우리에게 쏟아주셨던 엄마의 헌신과 정성이 아빠를 향해 집중해 있기 때문에 아빠가 지금의 몸 상태를 유지하실 수 있는 것 같다.

덕분에 우린 공주에서 신분이 하락하여 요즘에는 엄마 대신 집안에서 청소, 설거지, 빨래 개기 등 다양한 집안일을 해내는 쌍둥이가 되었다.

비록 공주에서 신분 하락이 되긴 하였지만, 오늘도 우리 집 쌍둥이는 즐겁게 집안일 중일 것이다.

솜씨 좋은 쌍둥이

사람들이 우리들에게 자주 하시는 말씀이 있다.

"손재주가 있네!"

우리들도 내심 이런 칭찬을 듣는 것을 좋아한다.

'칭찬은 고래도 춤추게 한다'는 말이 있듯이, 이런 칭찬을 들으며 우리는 더 열심히 우리의 취미생활인 '만들기'를 했던 것 같다. 주로 집에 있는 시간이 많았던 우리는 퀼트, 펠트, 십자수, 리본공예, 구슬공예, 매듭공예 등을 즐겨 하였다.

수업 준비로 바쁜 학기 중에는 취미생활을 잠시 접어 두었다가, 방학이 되면 동대문에 나가 직접 재료도 구입하고, 인터넷으로 만드는 방법을 익히고 배워서 밤새 시간가는 줄도 모르고 열심히 만들었다.

누가 시키지도 않았는데, 참 열심히 했던 것 같다.

다양한 공예들로 우린 필통, 파우치, 반짇고리, 카드지갑, 액자, 머리띠, 머리핀, 볼펜, 핸드폰줄, 팔찌, 수세미 등을 만들었고, 그렇게 만들다 보니 완성된 작품은 점점 쌓여갔다.

만들기를 좋아하는 사람은 만드는 것 뿐만 아니라 우리가 예쁘게 만드는 것을 잘 활용하여 사용하는 것에 즐거움을 느끼기 때문에 우리는 만든 작품들을 주변 분들과 함께 나누기도 하였다.

우리가 정성 들여 만든 생활 소품들을 감사한 마음을 담아 아빠를
열심히 치료주시는 선생님들께 선물하거나 엄마의 스트레스를 풀어
주고 여가시간을 함께하기 위해서 멀리서 오시는 엄마 친구 분들께
선물해드렸다.

우리의 선물을 받으셨을 때 좋아하는 모습들을 보면 뿌듯한 마음이
들기 때문이다. 아마도 우리는 혼자 하면 외로웠을 취미생활을 함께
하니, 그 시간이 더 즐거웠던 것 같다.

만들기 좋아하는 우리 쌍둥이 자매!
우리 '솜씨 좋은 쌍둥이'에요!

✱ ✱ ✱
요리는 어려워

우리의 식성은 생김새 처럼 꼭 닮아 있다.

일단 토종 한국인의 입맛이 아닌 것만은 확실하다.

한식을 좋아하는 편은 아니지만, 그렇다고 양식·중식·일식을 좋아하는 것도 아니다. 그저 정리하지면 부끄럽지만 '초등학생 입맛'이라고 하는 것이 좋겠다.

과자나 아이스크림 빵 등의 군것질을 정말 좋아한다.

요리를 좋아하는 사람은 완성한 요리를 먹는 재미로 한다고 하지만 우리 둘은 군것질로 끼니를 해결하는 것을 좋아하기 때문에 요리엔 별로 관심이 없다. 대신 집에서 청소하기, 빨래 개기, 쓰레기 분리수거, 계절마다 옷 정리. 설거지 등 요리를 제외한 집안일을 좋아하고 많이 하는 편이다.

요리— 아마도 못한다고 하는 게 더 정확한 표현인 것 같다.

그런 우리가 엄마를 위해서 한 요리에 대한 에피소드를 하나 이야기 하려고 한다.

고등학생 때 매일 아빠를 모시고 병원 다녀오시는 지친 엄마를 위해 우리는 김치전을 해 놓으려는 야무진 계획을 세웠다. 부침가루와 김치만 있으면 쉽게 만들 수 있을 것 같다고 생각했다. 결과를 먼저 말하면 아무도 먹지 못하는 음식이 되고 말았다. 우리 나름대로 레시피를 보고 잘 따라 했다고 생각했는데, 요리에 대해서 아무것도 몰랐던 우리가 생각하는 것과 레시피가 말해주는 것은 달랐던 것 같다.

부침가루에 비해서 물을 너무 많이 넣어 물 양을 조절하지 못했던 우리는 기름에 부쳐지지도 않는 김치전을 만들었고, 버려질 것 같은 우리의 반죽을 언니와 엄마가 구주해 주려고 부침가루를 더 사다 넣었더니 김치통으로 세 통이나 나왔다. 간을 제대로 보지 못해서 맛도 없고 양만 많은 김치전 반죽을 만들어 놓은 덕분에 우리는 한동안 부엌에서 음식을 만들 수 없었다.

우리에게 주방 실수는 김치전뿐만이 아니다. 창피하지만 그 쉽다는 계란프라이도 우리에게는 너무 어렵다. 분명 시작할 때는 계란프라이로 시작하지만, 완성되는 음식은 항상 계란 볶음이 되어버린다.

요리는 너무 어려운 일인 것 같다.

요즘은 엄마의 점심을 전날 미리 챙겨 놓기 위해서 가끔 요리(?)를 한다. 사실 다른 사람들이 보기엔 요리 축에도 못 끼는 음식들이겠지만, 우리에게는 자랑스러운 요리이다. 바로 호박전, 버섯전, 햄전이다. 적당하게 썰어서 부침가루와 계란 옷을 입혀 기름에 부치면 완성되는 반찬들이다. 물론 간은 하지 않는다. 저염분 음식이 건강에 좋기 때문은 아니고, 그저 간을 잘 보지 못하기 때문이다.

하지만 엄마는 우리가 만들어 드리는 이 요리를 아주 맛있게 잘 드셔 주신다. 수업을 마치고 엄마가 맛있게 드시고 난 빈 그릇을 보면 정말 뿌듯하다. 사람이 모든 것을 잘하면 인간미가 없고 재미없다. 웬만한 집안일을 섭렵한 우리가 요리까지 잘 하면 안 되지!

쌍둥이는 개명도 같이해

우정? 원정? 연정? 현정?

우정이의 어렸을 때 호적상 이름은 '현정'이었다. 하지만 이름을 짓고 호적에 올린 후 '현정'이란 이름이 별로 좋지 않다고 하여 집에서는 '현정'이 아닌 '우정'으로 불리면서 살았다.

신기하게도 집안에선 '우정'이 익숙한데, 학교에서는 '현정'이라는 이름이 더 편하고 익숙했다. 하지만 고등학교를 졸업하고 외할아버지께서는 우정이에게 굳이 안 좋은 이름을 쓰지 말고 좋은 이름인 '우정'으로 이름을 바꾸라고 하셨다.

마침 시기적으로 〈내 이름은 김삼순〉이라는 드라마의 유행으로 개명을 하려는 사람이 많이 있었고, 그 무리에 합류하여 개명 신청을 하게 되었다.

우정이가 개명 신청을 할 때 원정이한테 "너도 나랑 같이 새로운 이름으로 개명하자"며 제안했고, 늘 같이 하기를 좋아 하는 원정이는 고등학교 때 까지 '연정'이라는 이름을 사용했지만 우정이의 제안으로 '원정'이라는 새로운 이름으로 개명하게 되었다.

문제는 개명 이후였다.

가뜩이나 얼굴도 헷갈렸는데, 이름까지 바꿔서 사람들은 '현정',

'연정', '우정', '원정' 사이에서 굉장히 혼란스러워 하였고. 예전 이름과 헷갈려서 우리를 부를 때 '현정 우정', '연정 원정'이라고 부르기도 했다. 이렇게 부르면 같은 사람을 부르는 것이었는데 말이다.

또 그동안 만들었던 통장, 여권, 비자, 신분증 등을 새로 재발급 받아야 하는 번거로움이 있었다.

개명 이후의 또 다른 문제 중 하나는 '현정'이라는 이름을 사용하였던 우정이는 어렸을 때부터 집에서 우정이라는 이름으로 불렸기 때문에 별다른 문제가 없었지만, 사랑하는 우리 아빠에게는 원정이라는 이름은 알지 못하는 딸의 이름이었다. 아빠는 원정이로 바뀐 이름을 기억하지 못하셨기 때문이다.

하지만 문제될 건 없다. 이름이 바뀌어도 우리는 영원한 '채수달씨의 쌍둥이 딸'이기 때문이다.

다이어트

여자라면 한 번씩 꼭 해봤을 다이어트.

우리에게도 아주 친숙한 단어이다. 왜냐하면 아빠 체질을 닮은 우리는 쉽게 살이 찌는 체질이기 때문이다.

아빠의 발병 이후 외가에서 생활하면서 할머니께서 매 끼니, 학교 도시락, 간식 등을 잘 챙겨주셨지만, 그 외에 인스턴트식품, 과자, 아이스크림 등의 군것질거리를 입에 달고 살며 열심히 먹었던 우리는 결국 고등학교 졸업 때까지 한 덩치 하는 쌍둥이가 되었다.

누구나 그렇듯 우리는 고등학교 졸업 후 건강과 자기 관리를 위해 다이어트에 돌입했다. 서로 의지하며 둘이 함께하다 보니 조금은 힘들어도 즐거운 마음으로 할 수 있었다.

한 가지에 빠지면 조금 무식하다 할 정도로 하는 성격 탓에 다이어트를 할 때도 열심히 했었던 것 같다. 동시에 여러 가지 운동을 한 것은 아니지만, 시간차를 두고 걷기, 요가, 훌라후프, 헬스, 수영, 줄넘기, PT체조 등을 통해서 다이어트를 위해 열심히 노력했다.

누구나 쉽게 할 수 있는 걷기를 할
때는 추운 날씨에도 아랑곳하지 않고
2~3시간 동안 광진교 밑에서 시작해
서 잠실대교 밑까지 귓볼은 꽁꽁 얼고
콧물까지 흘리며 걷다 들어왔다. 요가를
할 때는 학원에서 3개월 정도 배운 뒤 집
에서 시간을 정해놓고 한 시간씩, 훌라후
프는 아주 두껍고 무거운 후프를 준비해서
두 시간씩 꾸준히 하였다.

운동의 효과는 좋았지만 그만큼 고통도 따랐다. 요가나 훌라후프
를 열심히 한 덕분에 이곳 저곳 멍들고 상처가 난 부분들이 많이 생
겼고, 줄넘기나 PT체조를 무리하게 해서 발목에 무리가 간 적도 있
었다.

다이어트를 위해서 운동뿐만 아니라 좋아하던 과자와 아이스크림,
초콜릿, 사탕도 참으며 식생활도 많이 바꾸며 노력한 덕분에, 고등
학교 때보다 약 15kg 이상 빠져 지금까지 잘 유지하고 있다.

다이어트에 성공할 수 있는 좋은 방법에는 여러 가지가 있겠지만,
우리가 생각하는 다이어트 성공 비법은 '꾸준히 하는 것'과 '동지를
만들어 함께하는 것'이다. 꾸준히 운동하면서 그 시간 동안 서로 의
지한다면, 힘들고 하기 싫은 다이어트가 아닌 건강을 위한 즐거운 하
루의 일과가 될 수 있을 것 같다.

✳ ✳ ✳
잠과의 전쟁

　새벽에 늦게 잠드는 우리는 늘 수면 시간이 부족하다.

　하지만 부족한 수면 시간에 비해 많이 피곤하지는 않다. 그 이유는 한 번 잠에 들면 깊게 들고 짧은 시간에도 숙면을 취할 수 있는 우리들만의 장점(?)이 있기 때문이다. 정말 잠과 우리는 늘 전쟁을 치르는 관계로밖에 설명할 수 없을 것 같다.

　학교 수업을 나가기 위해서 이동할 때 늘 대중교통을 이용하는 우리는 전철이나 버스에 타면 잠에 쉽게 빠지게 된다.

　아침에 수업을 하러 학교를 갈 때면 늘 30분 정도의 여유시간을 갖고 나가게 되는데, 혹시나 목적지에 내리지 못하였을 때를 대비한 시간이다. 가끔 너무 피곤할 때는 종점에서 눈이 떠질 때도 있었고, 비몽사몽 상태로 목적지에 내리지 못하고 한두 정거장을 지나쳐 내려 돌아오는 일도 종종 있었다.

　각자 다닐 때뿐만 아니라 함께 다닐 때도 목적지를 지나치는 경우가 종종 있다. 함께 대학원에 다닐 때 자주 있었던 일인데, 서로를 지나치게 믿었던 우리는 '둘 중 한명은 깨겠지?'라는 생각으로 둘 다 잠이 들어 종점까지 갔다 오느라 늘 12시가 다 되어 집에 오는 일이 다반사였다.

요즘은 스마트폰으로 목적지 근처에서 알람이 울리는 어플을 활용하기도 하고, 둘이 함께 이동할 때는 담당 정거장을 정해 한 명씩 깨어 있거나, 서서 가기 등의 방법으로 목적지를 지나치지 않고 제시간에 도착하기 위해 노력한다. 아직 운전은 우리에게 위험하다는 엄마의 성화 때문에 늘 대중교통을 이용하는 우리.

오늘도 대중교통을 이용하면서 또 한 번, 잠과의 전쟁이 시작될 듯하다.

5장 우리 이야기

***

삶기의 여왕들? 태우기의 여왕들!

episode 1. 고구마 삶기

요리는 잘 못해도 주방에서 늘어가는 기술이 있다면 그건 '탄 냄비 닦기 기술'인 것 같다.

하루는 고구마를 삶기 위해 찜통에 올려놓고 빨리 먹고 싶어서 빨리 익길 바라는 마음에 가장 센 불로 해놓고 시간이 가길 기다렸다.

잠시 후 '지금쯤이면 고구마가 다 익었겠지?'라는 생각에 냄비 뚜껑을 열어 보았을 때는 먹음직스럽게 생긴 고구마가 아닌 마른 장작처럼 점점 타고 있는 군고구마가 되어 있었다.

삶기 위해 넣은 물의 양을 확인해 봐야 하는 것도, 물이 끓으면 불의 강도를 낮춰 주어야 한다는 것도, 수시로 뚜껑을 열고 고구마를 찔러 보아야 하는 것도 잘 몰랐다.

타버린 고구마와 함께 시커멓게 타버린 찜통. 엄마가 아끼는 그 찜통을 원상 복구해 놓는 것이 시급했다. 인터넷으로 검색해 본 결과, 소다와 사과껍질을 넣고 끓이면 좋다는 정보를 찾고 팔이 빠지게 참도 열심히 닦아냈다. 냄비가 탔던 티가 안 날 때까지…….

원래의 냄비처럼 광이 나진 않지만 다시 사용할 수 있게 재탄생한 냄비!

고구마 삶기는 왜 이렇게 어려운 건지…….

대신 배운 점도 있다. 고구마나 감자를 삶을 땐 다 익을 때까지 찜통에 물량을 꼭 확인해야 하는 것, 물이 끓으면 불을 줄여 줘야하는 것, 그리고 덤으로 탄 냄비 닦는 방법까지 말이다.

episode 2. 단호박 삶기

어느 토요일 새벽, 엄마 아빠는 병원에 가지 않으셨기 때문에 엄마와 아빠, 언니는 오랜만에 늦잠을 자고 있었다.

시험 기간이었던 우리는 새벽 일찍 연습하러 학교에 갈 계획이었고, 모처럼의 꿀맛 같은 늦잠을 방해하지 않기 위해 불안하지만 우리가 직접 단호박 삶기에 도전하였다.

고구마 삶기의 실패 경험이 있긴 하였지만, 이번엔 잘 삶을 수 있다는 생각에 '자신감 충만'이었다.

단호박을 씻고, 적당한 크기로 잘라, 씨를 빼고 차곡차곡 냄비에 담았다. 물도 충분히 넣었고, 단호박이 익는 시간이 아까워 불을 켜 놓고 방에서 학교 갈 준비를 하고 있었다. '오늘은 맛있게 익은 단호박을 먹을 수 있겠지?'라는 생각이 가득했지만, 이번에도 단호박 삶기는 실패!

우리들 생각으로는 단호박의 단단한 껍질 덕분에 금방 익을 것이라고는 생각도 못했었다. 또 중간에 물을 더 넣어줘야 한다는 사실을 둘 다 깜박했던 것이다.

방에서 나와 보니 거실에는 연기가 가득하게 차고 있었고, 집안 전체에 탄 냄새가 풍겼다. 뚜껑을 열어보니 호박은 익다 못해 완전히

죽이 되어 버렸고 냄비는 새까맣게 타버렸다.

그 와중에 우리는 새까맣게 타버린 냄비보다 그저 타버린 단호박이 아까울 뿐이었다. 어느 정도 정신을 차리고 든 생각.

'이거 엄마가 엄청 아끼는 냄비인데…… 단단히 혼나겠다.'

우리는 엄마가 깨기 전 편지 한 장을 쓰고 집을 나섰다. 그 때의 편지를 보면, 우리도 참 적반하장이란 생각이 든다.

우리 연습하러 학교 가 ∿

호박 삶다가 냄비가 탔는데, 닦아도 못 쓸 것 같아.

우리가 나중에 돈 많이 벌면 더 좋은 냄비로 사줄게!

그래도 우리가 타고 있는 냄비를 빨리 발견해서 하마터면 불 날뻔한 집에서

가족 모두를 구했어.

그니까 우리한테 고마워해야 하는 거 알지? ^^

다행히 엄마는 우리의 약속을 믿고 쉽게 용서해 주셨다.

그 약속은 아직도 못 지켰지만 말이다.

원정아, 한 번 더

***

요즘은 고등학교 졸업과 동시에 운전면허를 딴다고 하지만, 우리는 조금 늦게 20대 중반이 되어서야 면허를 따기로 결심하고 학교 수업을 쉬는 겨울 방학에 시간을 내서 운전학원을 등록하고 운전 배우기를 시작하였다.

악기를 싣고 다니게 되면 혹시나 큰 차를 몰게 될까 봐 1종 수동으로 운전면허에 도전하였다. 주행보다 먼저 시험을 본 필기는 그 어떤 시험 못지않게 열심히 준비하여 만점에 가까운 점수로 통과했다.

하지만 문제는 주행이었다. 운전에는 감각이 있다고 자부했지만, 한 번 실수하기 시작하면 커트라인을 훌쩍 넘는 점수가 감점되었다.

학원에서 연습을 충분히 마치고 시험 당일 원정이가 먼저 시험에 응시했다. 그런데 이 녀석, 떡 하니 합격을 한 것이다. 그리고 이어지는 내 차례. T코스에서 실수한 것에 긴장에 긴장이 더해져서 감점 초과로 불합격이 되었다.

나는 집에 오는 길에 진담 반 농담 반으로 원정이에게 나대신 또 한 번의 시험을 부탁했다. 하지만 우리 원정이 왈,

"나도 내가 어떻게 붙었는지 모르게 시험 봤는데, 날 믿을 거니?"

다음 시험에선 나도 합격했다.

동생은 한 번에 붙었는데 언니는 떨어졌다고 하시는 운전학원 선생님의 엄청난 구박과 함께 말이다. 이후 도로 주행 시험은 첫 번째 시험에서 나란히 낙방하고, 두 번째 시험에서 둘 다 당당히 합격하여 영광의 운전면허증을 따냈다.

두 번째 시험에서 둘 다 당당히 합격

우정이

원정이

쌍둥이의 돌 침대 버리기

우리 쌍둥이 자매, 조금 무식하다 싶을 정도로 어디 가서 힘에는 잘 밀리지 않는다. 집에 있을 때도 넘치는 힘을 주체하지 못하고 발휘할 때가 있는데, 그러다 한 번씩 사고를 치기도 한다.

집에 아빠를 위한 의료용품은 늘어나고 있는 반면 집에 놓을 수 있는 공간은 한정되어 있었기에 어쩔 수 없이 집에 있는 물건 중 잘 안 쓰게 되는 물건 순으로 처분을 하게 되었다.

이번에 처분할 물건 중 우리가 목표로 잡은 건 안방을 많이 차지하고 있던 돌침대!

돌침대는 추운 겨울 아빠의 체온 유지를 위해 사용했었지만 몸을 자유롭게 움직이시지 못하는 아빠가 밤새 자세를 바꾸지 못하고 주무시다 보면 낮은 온도에도 저온 화상을 입을 수 있기 때문에 요즘 집에서 사용하지 않은 물건으로 분류된 것이다.

작은 물건을 버릴 때는 상관없지만 큰 가구를 버릴 때는 혹시나 먼지가 나서 아빠한테 안 좋지 않을까 하고 미뤘었는데, 아빠가 입원하여 병원에 계신 시간을 이용해 아빠가 퇴원하시기 전 돌침대를 치우기로 계획했다.

쉬운 방법으로 인력 아저씨를 불러서 치울 수도 있었지만, 한 푼이라도 아껴보자는 마음에 우리끼리 침대를 부숴버리기로 했다. 여러 번 가구를 버린 경험이 있었지만 돌침대는 다른 가구들에 비해서 쉽게 부서지지 않았다. 한쪽을 중심으로 발로 차기를 반복하니 조금씩 부서지기 시작했다. 하지만 문제는 '돌'이었다.

무거운 돌이 들리지도 않고 그렇다고 부서지지도 않았다. 둘이 시작한 일이니 해결을 해야 하는데 암담했다. 혹시나 하여 평소 친절하신 경비 아저씨께 돌침대를 버리고 있는데 도와달라고 말씀드렸더니, 아저씨가 드라이버로 돌 사이에 틈을 내서 부수지 않고 돌을 꺼내주셨다. 하지만 돌의 무게가 정말 무거웠다.

경비 아저씨의 도움을 받아 셋이서 힘겹게 아파트 현관까지 들고 나가는 중 그만 사건이 발생했다. 아파트 입구에 설치된 유리자동문을 잠그는 걸 잊고 나가던 중 돌이 끼인 상태에서 자동문이 닫혀버렸다.

사건은 순식간에 일어났다. 돌과 문이 닿은 순간 유리문이 와르르 무너져 산산조각이 되었고, 반바지에 슬리퍼를 신고 있던 우리의 다리와 발에서는 유리 파편이 튀어서 피가 나고 있었다. 도와주시던 아저씨는 앞에서 걸어가고 계셨기에 먼저 문을 잠그지 못한 것에 대해 우리에게 미안해 하셨고, 우리는 괜히 어려운 부탁을 드린 것 같아 우리를 도와주셨던 경비아저씨께 너무나 죄송했다.

인력 아저씨 비용을 아끼고 말끔히 치워 놓으려던 '돌침대 버리기 계획'은 영광의 상처와 현관 유리문을 새 걸로 교체해 주면서 끝이 났다.

교생실습

초등학교 6년 동안 같은 반, 중·고등학교 동창, 대학교와 대학원에서 같은 전공을 하였다.

이젠 주변 사람들에게서 "이젠 좀 떨어져 다녀라"라는 말을 많이 듣게 되는데, 지내고 보니 우린 그 누구보다도 긴 시간을 함께했던 것 같다.

학부에서는 가야금을 전공했지만 대학원 진학은 교육대학원에서 음악교육을 전공했기에 졸업 전 반드시 교생실습을 해야 했다. 우리 둘은 모교인 영파여자중학교에서 함께 한 달간의 교생실습을 하게 되었다. 우리가 졸업한 중학교에는 학창시절 때 우리를 지도해 주셨던 선생님들이 아직도 대부분 학교에 근무하고 계셔서, 실습하는 동안 많이 챙겨 주시고 여러 가지를 조언해 주셨다.

또, 중학교 3학년 재학 당시 아빠가 쓰러지셨기 때문에 어떻게 보면 우리가 아프고 상처 받았던 시기를 잘 넘어가게 해주신 분들께 또한 번의 가르침을 받는 소중한 시간이 되었다.

학생들에게 교생선생님은 학창시절에 소중한 추억이 될 수 있는 젊고 예쁜(?) 선생님과의 만남이나. 우리의 학창시질을 생긱해보면 우리 반으로 나오셨던 교생선생님이 마냥 좋았고 예쁜 선생님을 보면서

'우리도 대학에 가면 저런 모습이 될까?' 하고 상상해 보기도 했었다.

그랬던 우리가 어른이 되어 모교로 교생실습을 나가게 된다는 사실이 실감이 나지 않았다. 예술 강사로 초등학교 아이들에게 수업을 하는 중이었지만 모교로 나간다는 것, 중학교 아이들을 지도한다는 점에서 설레고 기대가 됐다. '짧은 기간이지만 아이들에게 정말 좋은 선생님이 되어야지!' 하는 각오도 다지게 되었다.

실습이 시작되고 우리는 둘 다 1학년 한 반씩 담임으로 배정 받게 되었다.

실습 초기에 아이들은 우리가 쌍둥이라는 것을 모르고 있었지만, 약 일주일 후 야외 활동과 합창 대회 준비로 한 공간에 있게 되면서 우리가 쌍둥이였던 걸 알게 되었고 신기해했다. 실습을 하면서 담임을 맡은 반 아이들이 헷갈려서 전달사항이 거꾸로 전달되는 등의 에피소드도 벌어졌다.

그냥 '교생실습' 자체도 큰 경험이고 추억 거리인데, 우린 이마저도 함께했기에 더 기억에 남는 '교생실습'이 된 것 같다.

쌍둥이의 새로운 취미

앞에서도 말했지만 우리는 어렸을 때부터 만드는 것을 굉장히 좋아했고, 원하는 것을 나름 만족스럽게 잘 만들었다. 게임을 즐겨하고 밖에서 노는 것을 좋아하는 것보다 조금은 고상한(?) 우리의 취미생활이 참 좋았다. 그러던 중 대학교를 다니면서 우리에게는 또 다른 취미가 하나 더 생겼다.

그것은 바로 독서!

특별히 돈이 드는 것도 아니고, 전철이나 버스를 타고 이동할 때나, 잠이 오지 않을 때 읽으면 지루하지 않게 시간을 보낼 수 있으면서 지식도 쌓을 수 있는 취미생활이었다.

어렸을 때 엄마는 책을 사주시는 일에는 아끼지 않으셨다. 전래동화 전집이나 위인전 전집, 과학 전집 등 도서관 부럽지 않을 정도로 다양하고 많은 책들이 집에 있었다.

하지만 우리에게 그 책들은 그저 책일 뿐 읽지 않고 꽂아 두는 장식용일 뿐이었다. 학창시절에는 그 학년에 꼭 읽어야 하는 필독도서도 읽기 싫어할 정도로 책과는 거리가 멀었기 때문이다.

책을 읽으라고 하면 살 놀다가노 졸기만 하고 별로 흥미를 느끼지 못했는데, 대학교 1학년 우연히 김진명의 〈황태자비 납치사건〉이라는 추리소설을 시작으로 책 읽기에 빠져들었다.

처음에는 소설 위주의 흥미로운 책을 읽었는데, 점점 소설뿐만 아니라 수필, 자기계발서 등 다양한 영역의 책에도 관심을 갖고 열심히 그리고 많이 읽게 되었다.

저녁시간에 휴식을 하면서 하루에 한 시간 정도는 꾸준히 책읽기를 하고 있다.

책 한권을 읽는다고 내 삶이 크게 변하거나 나 자신이 눈에 띌 만큼 달라지는 것은 아니지만, 7년 정도의 꾸준한 책읽기를 통해 좋은 글을 만나면서 생각도 많아지고 내가 경험하지 못한 세계를 만나는 간접경험을 통해 안목도 넓힐 수 있었다.

또 이렇게 '우리도 한번 해보자!'라는 하나의 목표를 세우고 책을 써보게 된 것 같다. 앞으로도 열심히 책읽기와 글쓰기를 통해 미미하지만 나를 더 나은 사람으로 성장하게 만들고 싶다.

책을 읽으라고 하면 잘 놀다가도
졸기만 하고 별로 흥미를 느끼지 못했는데,
대학교 1학년 우연히
김진명의 〈황태자비 납치사건〉이라는
추리소설을 시작으로 책 읽기에 빠져들었다.

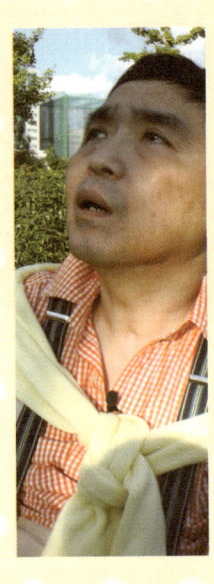

6장

눈물 이야기

아빠가 아프다고 부끄럽거나 창피한 적은 맹세코 단 한 번도 없었다.
아빠는 아프셔도 우리의 웃음의 원천이 되어주셨고,
아빠는 아프셔도 우리의 정신적 버팀목이 되어주셨고,
아빠는 아프셔도 우리가족이 살아갈 수 있는 경제적 역할도 해주셨다.

우린 정말 괜찮은데

우리나라 사람들은 개인적인 질문을 잘 하는 편이다. 우리도 처음 사람을 만나면 자연스럽게 이름과 나이, 가족관계 정도는 기본적으로 묻게 된다.

처음 만나는 사람과의 대화는 대부분 이런 순서이다.

"쌍둥이세요? 되게 많이 닮으셨네요."

"네, 일란성 쌍둥이에요."

"누가 언니고 누가 동생이에요? 아 맞춰 볼게요."

신기하게도 누가 언니인지 동생인지 잘 맞추신다. 느낌이 다르다고 하신다.

"몇 분 차이세요?"

"2분이요."

"두 분 말고 또 형제 있으세요?"

"네, 저희 위에 큰 언니 있어요."

"와, 그럼 딸만 셋이네요."

"네."

"부모님이 키우기 힘 드셨겠어요. 아빠가 돈 많이 버시나 봐요. 아빠는 무슨 일 하세요?"

"편찮으셔서 집에 계세요."

"그럼 어머니가 일을 하시나 봐요?"

"엄마는 아빠 간호하시죠."

"(당황해 하며)그럼 뭐 먹고 살아요?"

상황에 따라서 설명해드린다.

"힘드시겠어요. 부모님께 잘 해드리세요."

이렇게 대화는 마무리된다. 처음 만나는 사람과의 자연스러운 대화이다. 누구나 쉽게 물어볼 수 있는 질문이고, 우리도 아무런 부담 없이 대답 할 수 있는 질문이다.

우리는 괜찮은데, 질문한 사람은 참 미안해하신다.

우린 정말 괜찮은데……

아빠가 아프지 않았더라면

아빠가 아프다고 부끄럽거나 창피한 적은 맹세코 단 한 번도
없었다.

아빠는 아프셔도 우리의 웃음의 원천이 되어주셨고,

아빠는 아프셔도 우리의 정신적 버팀목이 되어주셨고,

아빠는 아프셔도 우리가족이 살아갈 수 있는 경제적 역할도
해주셨다.

아빠는 일하는 중에 쓰러지셔서 산재처리가 되었기 때문이다.

근데 가끔 이런 상상을 해본 적이 있다.

'만약 아빠가 아프지 않았다면······.'

우리의 졸업식 날,

"우리 딸 축하해!" 하시면서 큰 꽃다발을 안겨 주셨겠지?

우리가 사회인이 되어 처음 수익이 생기는 날,

"우리 딸들이 다 컸네!" 하시면서 뿌듯해 하며 기뻐해 주셨겠지?

우리가 운전면허를 따는 날,

여기저기 데리고 다니면서 연수를 자청하셨겠지?

이것 말고도 지금도 아빠가 해줬으면 하는 일들이 많은데……

아빠가 필요한 일들이 너무나 많은데……

"아빠! 아직 아빠가 필요한 일들 투성이랍니다. 빨리 훌훌 털고 일어나실 거죠?"

가는 세월

아빠는 올해가 몇 년도인지 모르십니다.

세월이 흘러가는 것도 모른체……

늘 20대 초반의 기억으로 살아가십니다.

하지만 세월은 끊임없이 흘러가고 있습니다.

더러는 아저씨라고 부르는 이들도 있고,

가끔은 할아버지라고 부르는 이들도 있습니다.

하지만 우리 아빠 절대 인정하지 못하십니다.

아빠의 기억 속에서

아빠의 모습은 청년이기 때문입니다.

아빠와 우리의 대화 내용 중 일부입니다.

우리 : 아빠, 올해 아빠 54살 되셨어요.

아빠 : 일 년에 세 살씩 먹나?

우리 : 그럴 리가! 올해 2013년도야.

아빠 : 언제 그렇게 시간이 흘렀냐?

그러게요, 아빠.

언제 이렇게 시간이 흘렀을까요?

그동안의 시간들 속에 기쁜 일도 슬픈 일도 많았지만,

아빠는 그 일들을 기억하지 못하고 계시네요.

그래서 슬퍼요.

12년이란 긴 시간 속에 우리는 아빠와 함께한 기억들이 많이 있는데,

아빠는 그 추억들을 다 기억하지 못하고 있는 것 같아 마음이 아픕
니다.

아빠, 그래도 괜찮아요.

아빠가 늘 우리 곁에 계신다는 것 자체가 우리에게 힘이 되니까요.

존재 자체로 빛이 나는 소중한 우리 아빠.

아빠가 생각하는 것보다 많이, 아주 많이 사랑합니다.

안재욱 아저씨

어느 날 인터넷을 보다가 실시간 검색어에 '안재욱 뇌수술'이라는 검색어가 올라왔다.

아빠가 쓰러지시기 전에는 '뇌수술'이라는 검색어가 별 관심 대상이 되지 않았지만, 아빠가 뇌출혈로 쓰러지신 이후 '뇌'와 관련된 기사에는 관심이 갔었기 때문에 호기심에 한 번 클릭을 해보았다.

기사를 읽어 보니, 배우 안재욱 아저씨가 뇌수술을 받고 회복 중이라는 기사였다. 마치 우리 일처럼 가슴을 쓸어내렸다. 그의 병명이 아빠와 같은 '뇌지주막하 출혈'이었기 때문이다.

뇌지주막하 출혈은 뇌혈관의 일부가 약해져 그 부분의 혈관이 늘어나 꽈리모양으로 돌출된 것으로, 이렇게 돌출된 혈관은 혈관벽이 얇고 구조적으로 정상혈관에 비해 약하기 때문에 쉽게 터지게 되는 출혈을 말한다. 이는 선천적으로 결함이 있거나 혈관벽의 퇴행성 변화가 생기는 등의 원인으로 발병하게 되는 질환이다.

사실 우리는 안재욱 아저씨의 팬도 아니고 연예인에 대해서 별로 관심은 없지만 아픈 사람의 고통을 가까이에서 봐왔었기 때문에, 그 환자의 고통과 그 고통을 바라보는 주변 사람들의 마음을 알기에 진심으로 안재욱 아저씨가 회복되기를 바랐다.

다행히 얼마 후 안재욱 아저씨가 회복되고 있다는 기사, 귀국한다는 기사, 다시 주변 지인과 운동을 즐긴다는 기사 등 좋은 소식을 들을 수 있었다. 저분이 저렇게 회복해서 점점 일상으로 돌아오고 있는데 우리 아빠는 왜 그러지 못할까?

안재욱 아저씨는 머리가 아픈 것을 알고 일찍 병원에 가서 빠른 응급처치를 받았다고 한다. 덕분에 회복도 빠르고 거의 일반인처럼 회복할 수 있었던 것이다.

아빠도 오전부터 머리가 아팠다고 한다. 그 고통은 망치로 머리를 때리는 것만큼이나 심한 두통이라고 하는데 왜 병원에 일찍 가지 않고 진통제를 먹어가면서 참았을까? '얼마나 아팠을까?'라는 생각을 하면 아빠가 너무 가엾게 느껴진다.

또 그 시간을 되돌릴 수는 없지만 '일찍 병원을 갔었더라면 안재욱 아저씨가 회복했던 것처럼 회복해서 아빠가 하고 싶은 일, 먹고 싶은 음식, 보고 싶은 공연 등을 보면서 즐거운 노년을 보내셨을 텐데……' 하는 또 한 번의 아쉬움과, 속상함이 피어오른다.

우리는 착한 딸이 아닙니다

✳ ✳ ✳

〈인간극장〉이 방영된 뒤 많은 사람들에게 착한 딸이라는 칭찬을 받았다. 하지만 우리는 착한 딸이 못 된다.

아빠가 혈관성치매로 기억을 잘 하지 못하시는데 한 가지에 꽂히면 일정기간(일주일이 되기도 하고, 한 달 이상이 되기도 한다) 똑같은 질문을 반복해서 하신다.

아빠가 우리에게 똑같은 질문을 하시는 것은 아빠가 심심하니 아빠 곁에 와서 말동무를 해달라는 아빠의 표현 중 하나라고 생각한다. 그 중 몇 년 동안의 단골 질문이 몇 개 있다.

"이름이 뭐예요?"

"지금 몇 시에요?"

"내일 스케줄이 뭐예요?"

"숟가락 좀 갖다 주세요"

하루에 수십 번 씩 질문하는 아빠의 단골 질문들이다.

아빠의 같은 질문, 반복되는 질문에 거의 같은 대답으로 답하며 잠시나마 아빠의 말동무를 해주는 편이지만, 가끔 시험기간이나 연습을 하고 있거나 학교 수업준비를 하느라고 바쁠 때 아빠가 똑같은 질문을 계속하면 우리도 귀찮아 할 때도 있고 짜증을 부릴 때도 있다.

그런 아빠한테 "아빠, 다 알고 있으면서 왜 똑같은 걸 계속 물어봐?", "아빠, 우리 바쁘니까 기억 좀 해보면 안 돼?"라면서 대답을 안 해드릴 때가 있는데, 이렇게 말하고 나면 아빠는 마치 큰 잘못을 한 어린아이가 반성하는 것 같은 표정을 지으며 폭풍 질문을 멈추고 조용해지신다.

그럴 때면 '아차!' 하며 그렇게 미안할 수가 없다. 아빠가 그렇게 하고 싶어서 그러는 것도 아닌데, 아빠도 스스로 똑같은 질문을 하고 기억을 못한다는 것을 미안해 할 수도 있는데 그것 하나 이해 못해주는 우리는 착한 딸이 아닌 것 같다.

친구 결혼식

얼마 전 친구가 결혼을 하였다.

'이제 우리에게도 결혼이란 말이 어색하지 않은 나이가 되었구나'라는 생각이 들었다.

친구가 결혼하기까지의 과정을 알기에 행복한 결혼을 진심으로 축하해 주었다. 왜냐하면 그 친구는 결혼 허락을 받기 전까지 아빠의 반대 때문에 힘들어 했기 때문이다.

반대하는 부모님의 마음을 대변해 보자면, 애지중지 아끼고 살피며 키워온 내 자식이 좀 더 좋은 배경에 좋은 사람을 만나서 보내고 싶은 마음과 딸을 시집보내는 것이 아까워서 반대를 하셨을 것이다.

아빠와 부딪치고 안 좋을 때 친구는 우리에게 고민하며 투정 아닌 투정을 부렸었다. 하지만 우리에게는 친구의 그런 모습이 오히려 부러웠다. 그리고 이렇게 말해 주고 싶었다.

"친구야, 우리는 네가 부럽다. 너를 아끼는 마음에서 딸을 시집보내는 것이 아까워서 반대하시는 너희 아빠의 마음이 느껴져서…… 그러니 아빠의 반대에 감사함을 느꼈으면 좋겠어."

그런 마음과 함께, '우리 아빠도 빨리 나아서 우리가 결혼할 사람을 데려오면 반대도 한 번 해주고, "내 딸 고생시키지 말아~"라고 말씀해 주시며 내 소중한 딸을 보내는 것을 아까워 해 주었으면 좋겠다'는 생각이 들었다.

결혼이라는 하나의 축제의 자리에서 우리는 아빠 손을 잡고 입장하는 친구의 모습에 울컥하는 마음이 들었다.

우리도 저 모습을 꿈꿔도 되겠지? 우린 나중에 결혼할 때 어떤 모습으로 결혼식 입장을 할까? 우리 아빠는 어떤 말을 해 주실까?

'결혼'이라는 행복한 날에 대한 조금은 슬픈(?) 고민이 될 것 같다.

우리 아빠는
어떤 말을 해 주실까?

슬픔

웃음 속에 숨겨진 우리의 마음.
아닌 척, 괜찮은 척, 밝은 척.
이것이 우리의 진정한 모습인가?

땅속에 촉촉하게 스미는 빗물처럼
우리의 마음에 촉촉하게 스미는 눈물.

누구나 안고 살아가는 그 고통이,
누구나 안고 살아가는 그 슬픔이,
누구나 안고 살아가는 그 안타까움이,
우리에게만 물먹은 솜뭉치처럼 무겁게만 느껴지는지……

우리의 이 무거운 마음을
함께 나눠 가질 수 있다면

행복 보따리

우리의 웃음에 거짓 아닌 진심이 담길 수 있을까?

위로하고,
위로받으며

지금보다 욕심내서 좀 더
조금만 더
행복해지고 싶다.

***

할아버지의 장례

2013년 4월 날씨 좋은 어느 날 외할아버지께서 돌아가셨다.

가까운 가족을 잃었던 것은 우리 생애에서 처음 경험하는 일이었다. 뭐든 처음이 어렵다는 말이 있듯이 가족을 잃은 슬픔은 말로 표현하기 어려울 정도로 견딜 수 없는 슬픔이었다.

할아버지께서 돌아가실 당시 아빠도 경기로 입원 중이었고, 연하장애로 인한 위루술 시술을 앞두고 있었다. 할아버지가 위독한 고비를 넘기고 계실 때마저 엄마는 아빠 곁을 지키셔야 했던 것이다.

편찮으시기 전 아빠는 외할아버지, 외할머니를 비롯한 외가 식구를 잘 챙기는 아들 같은 맏사위셨다. 이 때문에 아빠가 아픈 건 외할아버지, 외할머니에게도 충격이었고 아픈 손가락이었다.

평소 '아빠가 안 아팠으면 좋겠다'고 생각하는 날이 많았지만, 할아버지의 장례를 치르는 기간에는 그 마음이 더 커지게 되었다. 아마도 아파서 누워 있는 아빠가 조금은 미웠을지도 모른다. 왜냐하면 아빠가 건강했다면 상주석에서 할아버지의 먼 길을 배웅하러 오신 손님을 대접할 수 있었고, 슬픔에 찬 엄마와 외갓집 식구들을 위로해주는 듬직한 맏사위가 될 수 있었을 것이기 때문이다. 뿐만 아니라 사회생활을 통해 좀 더 많은 사람들이 할아버지의 가시는 길을 함께 할 수 있었고, 아픈 사위와 간호하는 딸에 대한 걱정 없이 할아버지가 떠나실 수 있었을 것이기 때문이다.

　그래서 할아버지의 장례가, 그 과정이 힘겨웠던 것 같다.

　아빠가 아프지 않았더라면…….

✳ ✳ ✳
엄마

한결같이 아빠를 간호하는 당신의 모습에서
진정한 사랑을 배웁니다.

지금쯤이면 자식도 장성하고
배우자도 안정적으로 자리 잡아
조금은 편해지고 즐길 수 있는 시기에,
남들보다 더 많은 걱정을 안고 살아가는
당신의 어깨가 무거워 보입니다.

나보다 남편을,
나보다 자식을 배려해주는
당신의 헌신에 고개가 숙여집니다.

때때로 외롭고
때때로 지치고
때때로 슬픈 모습을 감추고 지내는
당신이 안타깝습니다.

당신의 상처를 다 헤아리지 못해
미안합니다, 미안합니다.

그리고
힘겹게 당신의 자리를 지키고 있어줘서
고맙습니다, 고맙습니다.

위대한 당신,
바로 엄마입니다.

6장 눈물 이야기

때론 모르는 것도

아빠가 처음 발병 했을 때,

우리는 중학교 3학년이었습니다.

그때 저는 이젠 어른의 보살핌이 필요 없는

다 자란 아이인 줄 알았습니다.

그리고 지금 생각해 보면,

그때 우리는 아빠의 병을 인지하기엔

꽤나 어린아이였던 것 같습니다.

어쩌면 다행입니다.

우리는 아빠가 뼈가 부러졌을 때 시간이 지나면 나아지듯

뇌출혈이라는 이 병도 시간이 지나면 나아지는 줄 알았습니다.

아빠가 점점 할 수 없는 일들이 많아질 줄 몰랐습니다.

아빠와 함께하며 행복한 날도 많지만,

아빠를 바라보며 눈물지을 날도 많아질 줄 몰랐습니다.

이렇게 모르는 것 투성이인 우리가

이것만은 확실히 알 것 같습니다.

앞으로 아빠와 함께하는 시간이 힘들지도 모르지만,

아빠가 딸들과 함께하는 하루하루가 행복할 것이라는 것을…….

✳✳✳
경관식 하는 아버님

　인간의 3대 욕구 중 하나가 '식욕'이다.

　그만큼 먹는 것은 우리에게 매우 중요한 것이다. 먹는 음식을 통해서 살아가기 위한 에너지를 만들기도 하지만 맛있는 음식, 좋아하는 음식을 먹으면서 느끼는 즐거움과 행복함은 그 무엇과도 비교할 수 없다.

　하지만 우리 아빠는 연하장애 때문에 좋아하는 음식과 맛있는 음식을 마음껏 드실 수가 없다. 몇 년 전부터 연하치료를 꾸준히 받아 오셨지만 치료 속도보다 나빠지는 속도가 더 빠른지 결국 2013년 4월 경피내시경하 위루술(튜브를 끼워 영양물을 보급하는 영양법으로 입으로 식사를 할 수 없는 환자를 위하여 위루를 삽입하는 것)을 하고 경관식을 시작하셨다. 이를 결정하기까지 우리 가족은 너무 힘든 과정을 거쳐야 했다.

　2012년 겨울, 우리 가족 그 어느 해보다 힘든 겨울을 보냈다.

　날씨가 추운 탓인지 아빠의 목에는 가래가 너무 많았고 뱉어 낼 수 있는 힘이 별로 없기에 시원하게 뱉어내지도 못하셨다. 밥을 드실 때도 가래와 기침 때문에 음식을 삼켜서 넘기는 양보다 뱉어내는 양이 더 많았다.

　영양의 균형을 맞추기 위해 엄마는 음식을 골고루 해드린다고 신경을 썼지만 예전만큼 식사하는 것이 힘드셨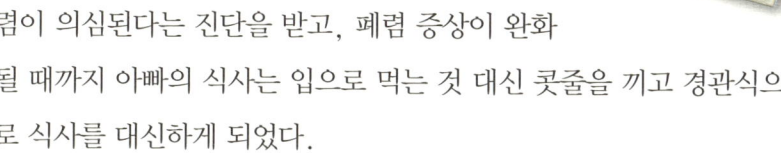던 아빠는 살도 빠지기 시작하고 얼굴도 까칠해지면서 체력적으로 많이 힘들어 하셨다. 그러던 중 엎친 데 덮친 격으로 폐렴으로 병원에 입원까지 하시게 되셨다. 병원에서는 기침과 가래로 힘들게 드셨던 음식이 식도가 아닌 기도로 넘어갔는지 흡인성 폐렴이 의심된다는 진단을 받고, 폐렴 증상이 완화될 때까지 아빠의 식사는 입으로 먹는 것 대신 콧줄을 끼고 경관식으로 식사를 대신하게 되었다.

아빠는 입원 중에 삼킴 검사(음식물에 특정 약물을 섞어 먹게 되면 엑스레이 영상 형태로 삼키는 과정을 알 수 있는 검사. 이 검사를 통해 환자가 음식물을 안전하게 삼키고 있는지 알 수 있다)를 받았다. 엑스레이를 통해서 음식물이 식도로 잘 넘어가고 있는지, 입속에 잔여물이 남아 있진 않은지 알아보는 검사였다. 아빠 혼자 들어가서 해야 하는 검사라 엄마와 우리는 검사실 밖에서 마치 수험생을 기다리는 부모의 마음으로 아빠가 사래에 걸리지 않고 삼킴 검사를 잘 하실 수 있기를 기도하며 기다렸다.

검사 후 의사 선생님이 말씀하시길, 음식이 입에 남아 있기도 하고 삼킬 때 불안하기도 하지만 아직은 입으로 식사가 가능할 것 같다고 하셨다. 대신 물 종류를 드실 때는 점도증진제(음식물 섭취 시 기도 흡인의 위험을 감소시키기 위하여 사용하는 것으로 액상 식품에 첨가히여 점도를 증진시켜 음식물 섭취를 도와주는 제품)를 섞어서 드리라고 하셨다.

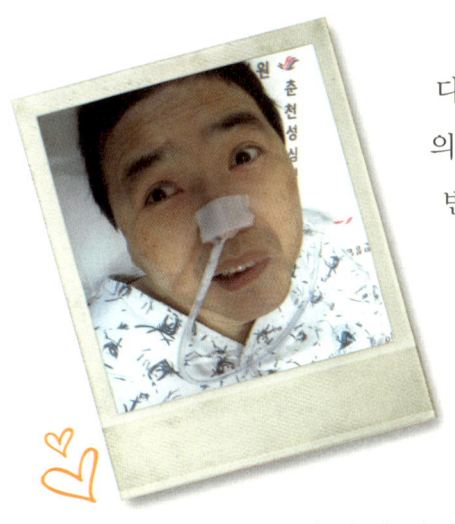

다행이었다. 아빠에게 음식은 가훈의 주제로 정할 만큼 중요한 삶의 동반자인데 입으로 먹을 수 없다고 하는 것은 아빠에게 너무 가혹한 일이었기 때문이다.

하지만 결국 2월에 또 한 번의 흡인성 폐렴이 아빠에게 찾아왔고 다시 삼킴 검사를 한 결과, 불과 몇 달 전에 했던 검사보다 많이 나빠졌다고 하셨다. 의사 선생님들을 비롯하여 오랫동안 아빠를 치료해 주셨던 치료사 선생님들께서 아빠를 위해서는 차라리 위루술(뱃줄)을 하는 것이 나을 것 같다고 하시며, 요즘은 유동식도 영양이 충분하고 날씨가 좋아지면 뱃줄과 입으로 식사하는 것을 병행하면서 컨디션이 훨씬 좋아질 수 있다고 조언해 주셨다.

우리 가족은 그 사실을 받아들이기 너무 힘들었다. 눈물의 시간을 보내며 가족회의를 한 결과, 아빠가 편하신 쪽으로 마음을 정리하기로 결정을 하고 수술 날짜를 정했다. 수술 뒤 아빠의 주식은 밥이 아닌 '하모닐란'이라는 유동식이 되었다. 다행히도 영양성분이 좋아서 그런지 요즘에는 체중도 돌아왔고 혈색도 좋아지셨다.

기억을 잘 하지 못하시는 혈관성 치매를 앓고 계시지만, 장기간 같은 내용을 반복하면 기억을 하시는 아빠의 뇌 속에 어렴풋이 입으로 식사를 하지 못한다는 것이 인지되셨는지, "아빠, 식사 드십시다"라고 하면, "배로 먹기 싫어!"라고 하시거나, "입으로 씹는 거 주세요"라고 말씀하실 때도 있다. 아빠가 이렇게 얘기하시면 너무나 속상하다.

　주무실 때 요즘 맛있는 음식을 드시는 꿈을 꾸실 때가 많은지 잠결에 입맛을 다시거나 씹는 행동을 하는 경우가 많이 있다. 아빠의 이런 모습을 생각하면 맛있는 음식을 먹을 때 너무 죄송하다. 하지만 아빠가 전혀 입으로 드시지 못하는 것은 아니기 때문에 기침을 많이 안 하시고 컨디션이 좋으신 날엔 천천히 꼭꼭 씹어서 드시라는 당부와 함께 부드러운 음식이나 삼킴에 무리가 없는 음식을 드리기도 한다. 하지만 사래가 걸리거나 음식물이 입속에 남아 있을까 봐 걱정이 된다. 아빠가 천천히 조금씩이라도 맛있는 음식을 드시면서 행복해 하는 모습을 계속 보고 싶다.

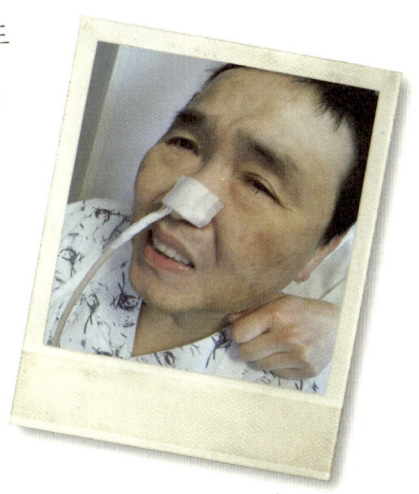

내려놓음

2013년 4월, 아빠는 경기(驚氣)를 심하게 하셨다.

우리는 수업 중이었고 아빠는 병원에서 치료 중이셨다. 치료를 하다가 아빠가 조금 이상해서 살펴보니 경기를 하고 계셨다고 한다.

호흡이 되지 않아 얼굴과 입술은 보랏빛으로 변하고 의식도 없는 상태가 되었다. 다행히 병원의 치료실에서 경기를 하셨기에 응급처치는 비교적 빨리 되었다.

수업을 마치고 엄마한테 연락을 하려던 찰나, 이모한테 문자가 왔다. "엄마한테 전화하기 전에 이모한테 먼저 전화 좀 해줘"라는 일상적인 내용이었다.

'이모가 물어볼 게 있나?' 하고 전화를 해봤더니 이모는 놀라지 말고 들으라고 한 뒤 아빠가 경기를 하셨는데 조금 심하게 하셔서 지금 중환자실에 계시다는 것이었다.

말만 들어도 무서운 중환자실이라는 단어에 전화를 받던 손은 떨리고 있었고, 눈에서는 눈물이 흐르고 있었다. 마침 그날 오후에 공연이 계획되어 있었기 때문에 우리의 일정은 수업 마치고 집에 가서 서둘러 준비한 뒤 공연을 하러 갔어야 했다. 엄마는 이모에게 혹시나 우리가 공연을 취소할까 봐 일단 말하지 말라고 신신당부를 했지만 고맙게 연락을 해주셨다.

연락을 받고 바로 병원으로 달려갔다. 면회시간이 정해져 있기에 아빠를 직접 볼 수 없었지만 아빠가 경기를 하는 모습을 보며 사색이 된 엄마의 표정을 통해서 아빠의 상태를 짐작할 수 있었다. 호흡이 잘 되지 않아서 기도 삽관 후 호흡기를 한 상태였고 의식도 없는 것 같다고 하셨다.

중환자실에서 아빠의 몸 상태는 최악이었다. 혈압이 너무 낮아 위급한 상황이 생길까봐 중심 정맥관까지 잡아 놓은 상태였고, 변도 못 보시고, 한동안 눈의 초점도 맞지 않았다. 또 발병 이후 이렇게 가족과 떨어져 본 적이 없으셨던 터라 심리적으로 불안해하시고 경기를 막기 위해서 복용하고 계셨던 약도 바꾸고 강하게 쓰고 있는 중이라 잠만 주무셨다. 간호사분들이 부르면 반응을 보여야 상태를 짐작할 수 있지만, 가족이 아닌 사람에게는 반응을 잘 보이지 않으셨다. 엄마가 들어가서 부르거나, 우리들이 들어가 "아빠!"라고 불러야 눈을 조금 뜨고 고개를 끄덕여 주셨다. 기억하고 싶지 않은 12년 전의 상황이 되풀이되는 건 아닌가 무섭고 겁이 났다.

아빠가 중환자실에 계신 동안 우리 가족은 반성의 시간을 보냈다.

아빠의 상태에 맞추기보다는 우리의 생활 패턴에 맞춰 아빠를 너무 힘들게 한 것은 아닌가 하는 후회를 했다. 아빠는 일주일에 5~6번씩 오전, 오후 두 차례 병원에 다니셨다.

아빠의 의지와 상관없이 밤에 잠을 주무시지 않을 때도 다음날 아침 6시도 채 되지 않은 시간부터 일어나 40분 정도 기립기 운동(스스로 일어날 수 없는 사람이 하지 근력을 유지하기 위해 하는 운동)을 했고, 병원

오픈 시간에 맞춰 가기 위해 허둥지둥 준비해서 병원에 가셨다.

아빠는 아빠의 몸 상태를 스스로 인지하지 못하여 아파도, 불편해도, 힘들어도 잘 표현을 하지 못하시기 때문에 아빠가 얼마나 피곤한지, 힘든지 짐작할 수가 없었다.

가족은 가족 나름대로 혹시나 매일 해왔던 운동을 하루라도 쉬게 되면 '근육이 빠지지 않을까? 굳어버리지 않을까?' 하는 불안한 마음으로 다람쥐 쳇바퀴 돌듯 똑같은 생활을 반복하며 생활했다.

또 면역력이 약한 아빠를 좀 더 깔끔하고 청결하게 유지해드리기 위해 하루에 한 번씩 꼭 샤워를 시켜드렸다.

지금 생각해 보면 일이 있어서 늦은 시간에 귀가했을 때는 하루쯤 샤워 정도는 쉬어도 됐는데 너무 꽉 막히고 정해진 생활을 해왔고, 그런 생활이 아빠에게 무리를 주지 않았나 하는 생각에 후회가 밀려왔다.

아빠가 중환자실에 계신 동안 우리 가족은 그동안의 생활을 되돌아보고 아빠를 위해 조금은 내려놓는 삶을 살기로 했다.

무리하지 말고 상황에 맞게 아빠를 위해 맞추고 조금은 편하게 생활하자고…… 아빠가 더 좋아지기 바라는 욕심을 버리자고…….

중환자실에 입원해 계신 동안은 가슴 아프고, 슬프고, 그 시간이 너무나 길게 느껴졌다. '아픈 만큼 성숙한다'는 말이 있듯이 마음이 아팠던 만큼 가족 간의 사랑하는 마음, 삶에 있어서 감사하는 마음이 더 커지는 시간이 되었다.

무리하지 말고 상황에 맞게 아빠를 위해 맞추고
조금은 편하게 생활하자고……
아빠가 더 좋아지기 바라는 욕심을 버리자고…….
중환자실에 입원해 계신 동안은 가슴 아프고, 슬프고,
그 시간이 너무나 길게 느껴졌다. '아픈 만큼 성숙한다'는
말이 있듯이 마음이 아팠던 만큼 가족 간의 사랑하는 마음,
삶에 있어서 감사하는 마음이 더 커지는 시간이 되었다.

6장 눈물 이야기

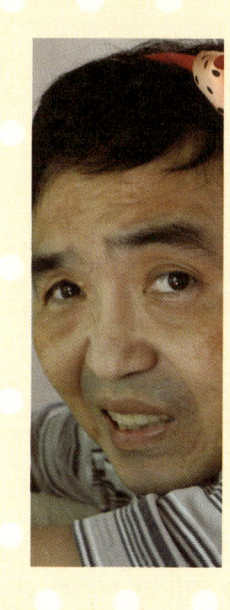

7장
·
희망 이야기

우리에게 희망인 것은 약이 개발될 수도 있고, 아빠가 또 한번의 기적을 일으켜
꼭 나으실 것이라는 믿음을 갖고 있는 것이다. 오늘도 우린 반복되는
일상 속에서 우리에게 힘이 되는 희망 찾기에 나설 것이다.
희망은 찾아나서는 사람에게 다가오는 것이라고 믿으니까…….

희망 찾기

아빠가 쓰러지실 당시 아빠는 수원에 위치한 사무실에서 근무 중이셨다. 강동구 쪽에 살고 있는 우리 집과는 출퇴근 거리가 꽤나 멀었던 것이다.

아빠 회사는 한 번씩 지방 근무를 해야 하는데 가족과 떨어져 지내는 것도, 가족을 모두 데리고 지방으로 내려가는 것도 여의치 않아 아빠가 선택한 방법이 바로 장거리 출퇴근이었다.

지금 생각해 보면 남들보다 빨리 하루를 시작하는 출근길과 피곤한 몸을 이끌고 하시는 퇴근길이 얼마나 고되고 힘들었을까 하는 생각이 든다.

아빠는 회사에서 일하시던 중 머리에 극심한 통증을 느끼셨는데 진통제와 소화제를 드시며 참으시다 통증이 가라앉지 않아 결국 병원을 가셔서 직접 신상기록과 접수를 모두 마친 후 검사를 받는 도중에 의식을 잃으셨다.

아빠가 쓰러지시는 그날, 2002년 4월 2일은 아빠에게 중요한 업무가 있었고, 그 업무를 마치고 난 뒤 회식이 잡혀 있었는데 아빠가 병원에 먼저 가지 않고 '좀 있으면 나아지겠지' 하는 생각으로 회식장소로 향했다면 어떻게 되셨을까 하고 가슴을 쓸어내리게 된다.

40대 초반의 건강했던 화목한 가정의 가장이 하루아침에 쓰러져 의식을 잃고 중환자실에 입원해 있다는 사실만 본다면 이보다 더 안타깝고, 불행하고, 비참한 일이 또 있을까?

그래서 우린 그 안에서 무한히도 희망을 찾고, 행운을 찾으며 긍정적으로 생각하도록 애썼다.

우리에게 다행인 것은 아빠가 회식 장소로 가지 않고 먼저 병원으로 가신 것, 아빠에게 위급한 상황이 병원에서 일어났던 것이다.

우리에게 행운인 것은 아빠가 좋은 의료진을 만난 것, 아빠의 상태를 빨리 파악하시고 대처를 잘 해 주신 것이다.

아직도 처음 아빠를 치료해주신 의사 선생님께 일 년에 한 번씩 진료를 보러 가는데, 의사 선생님께서는 아빠 정도의 뇌손상에 이만큼 생활하시는 것도 기적이라고 말씀하신다.

우리에게 희망인 것은 약이 개발될 수도 있고, 아빠가 또 한번의 기적을 일으켜 꼭 나으실 것이라는 믿음을 갖고 있는 것이다.

오늘도 우린 반복되는 일상 속에서 우리에게 힘이 되는 희망 찾기에 나설 것이다.

희망은 찾아나서는 사람에게 다가오는 것이라고 믿으니까……

✳ ✳ ✳
장애인 주차장

우리나라 대부분의 주차장에는 장애인 주차장이 있고 지하철을 타도 버스를 타도 언제 어디서나 장애우, 노약자 등 사회의 약자들을 위한 배려가 곳곳에 보인다.

아빠가 아프기 전에는 우리도 관심이 없었지만, 요즘은 주변을 살펴보면 건강한 사람들이 돌봐드리고 배려해 드려야 할 분들이 주변에 많다는 것을 느낀다.

우리 가족은 아빠와 함께 외출할 때 대중교통을 이용하기보다는 대부분 자가용을 이용하게 되는데, 주차 문제에 있어 항상 아쉬운 부분이 있다.

대부분의 주차장에는 장애인 주차 자리를 몇 대씩 의무적으로 지정하도록 되어 있다. 또한 장애인 주차 자리는 장애인 표지가 있으면 무조건 세울 수 있는 것이 아니고 장애인 표지가 있는 차량에 장애인이 탑승했을 때만 주차가 가능하다. 하지만 안타깝게도 몇몇의 운전자들은 주차가능 표지만 갖고 있으면 무조건 주차하는 경우가 있는데, 장애인 자리에 주차를 하고 건강한 두발로 멋지게 걸어가는 뒷모습을 보면 너무나도 안타깝다.

저 자리가 정말로 필요한 사람이 있는데 그 자리에 차를 세우지 못해서 장애인에게 위험한 일이 생길 수도 있는데 말이다.

우리도 항상 아빠 엄마와 함께 다닐 수 있는 것은 아니기 때문에 엄마와 아빠가 단 둘이 외출했을 때가 종종 있다. 이때 주차장에 장애인 주차 자리가 꽉 차있거나 주차 자리가 협소한 경우, 아빠를 미리 내려서 휠체어에 앉혀드리고 주차를 마저 해야 한다. 하지만 아빠는 스스로 위험한 상태를 인지하지 못할 뿐만 아니라 스스로 움직일 수도 없기 때문에 항상 걱정이 된다.

이런 상황이 우리 가족에게만 있는 것은 아니라고 생각한다.

육체적으로 건강한 사람들이 아픈 사람들을 위해서 조금 더 양보하고 배려하는 마음을 가졌으면 좋겠다.

아빠의 신세계

✱ ✱ ✱

아빠가 쓰러지신 지 벌써 12년이 지났다.

강산이 바뀐다는 10년 하고도 2년이 지난 것이다. 그 사이 전자 기계가 많이 발전하고 12년이라는 세월에 공간이 생긴 아빠에게는 요즘 우리가 사용하는 물건들이 늘 신기하고 새로운 물건으로 인식되었다.

스마트 폰

아빠가 2002년 사용하던 휴대폰은 지금의 기능을 상상할 수 없었고 전화나 문자, 사진을 찍는 정도의 기능만 할 수 있었다. 하지만 시대가 시대인 만큼 요즘의 전자기술은 하루가 다르게 발전하고 있어 십 년전에 사용하던 휴대용 전화기는 핸드폰이 아닌 스마트폰으로 그 기능도 상상을 초월한다.

기능이 좋은 스마트폰에 아빠가 좋아하는 노래를 다운 받아 들려드리거나 아빠가 좋아하는 가수의 동영상을 다운 받아 보여드리면 "요즘은 컴퓨터가 어쩜 이렇게 좋냐?" 하며 신기해하신다. 아빠에게 처음 보는 것처럼 느껴지는 스마트폰이 꽤나 신기하고 좋아 보이는 모양이다.

내비게이션

아빠의 발병 이후 사용량이 증가했기 때문에 운전을 하면서 길을 알려주는 내비게이션을 굉장히 신기해하신다. 자동차 안에서 아빠와 절친 관계를 맺고 계시지만, 간혹 내비게이션이 길을 잘못 알려주면 싸우기도 하신다.

예를 들어 "좌회전입니다"라고 했는데 다리를 건너는 중이라서 좌회전을 할 수 없는 경우 "이게 나한테 죽으라는 거냐?"라고 귀엽게 화를 내시곤 한다.

하루하루 지날수록 아빠에게 신기한 물건들이 하나둘 더 생기게 될 텐데 아마도 아빠에게 세상은 늘 신세계가 될 것 같다. 아빠에게도 신세계가 있듯이 우리에게도 신세계가 있었으면 좋겠다.

사람의 뇌는 한 번 손상되면 거의 회복되기 어렵다고 하지만, 많은 기술이 발전하는 만큼 아빠를 위한 좋은 약, 좋은 치료법이 개발돼서 우리 아빠뿐만 아니라 아픈 사람들 모두가 좋은 약과 치료법을 통해 고통 받지 않고 건강하고 행복하게 삶을 즐길 수 있었으면 좋겠다.

그런 신세계가 오길 희망해 본다.

지금 이 순간이

사람들은 안타깝게도 미래를 상상하며 보내는 시간보다 과거를 생각하며 후회하는 시간이 더 많은 것 같다.

이제 할 수 없는 일이나 이미 지나간 일에 대해 계속 후회하며 시간을 소비하기보다는 과거는 미련 없이 잊고 아직 우리에게 무한히 남아 있는 시간과 기회와 새로운 일들에 대해 긍정적이고 좋은 방향으로 생각하는 시간도 부족하기 때문이다.

사람과 사람 사이의 만남을 추억하는 것, 추억을 나누는 것 역시 필요하지만, 그러다 보면 과거에 얽매여 지나간 일들에 대해 '~했었더라면' 하며 후회하는 시간이 많아지기 마련이다.

우리의 경우도 그렇다. 우리가 과거를 떠올리고 추억할 땐 항상 '아빠가 아프기 전에는……'이나 '아빠가 아프지 않았더라면……'이라는 전제가 붙는 경우가 많았다.

지금 생각해 보면 우리가 괜한 어리석은 생각을 하고, 어리석은 상상을 하며 시간을 소비하지 않았나 후회가 되기도 한다. 아빠가 아프지 않았다고 해서 지금보다 더 행복하게 살고 있었을 것이라는 보장은 없기 때문이다.

이미 지나간 일들, 되돌릴 수 없는 일을 후회하며 시간을 보내기보다는 이미 되돌릴 수 없는 지나간 일은 소중한 추억으로 남기고, 앞으로의 일들에 대한 계획과 지금 이순간의 감사함을 느끼면서 하루하루를 후회하지 않는 그런 사람이 되었으면 좋겠다.

이젠 아들 몫까지

우리 아빠는 어렸을 때 집에서 아주 귀하게 자라신 귀한 아들이다.

위로 두 명의 누나, 아래로 두 명의 여동생을 가진 외아들이기 때문이다.

엄마와 아빠 두 분이 결혼하시고 친손자를 기다리셨는데 그때 태어난 첫 손주가 바로 언니였다. 비록 기다리시던(?) 아들은 아니었지만 첫 손주라는 의미에서 언니는 할머니뿐만 아니라 가족의 귀여움을 독차지하였다. 그리고 2년 뒤 우리가 엄마의 뱃속에 있을 때 할머니를 비롯한 가족들은 아들을 기다리셨다.

임신 후 엄마는 정기 검진을 할 때마다 언니와 병원 가는 길을 동행했었는데, 그때는 언니도 어렸을 때라 병원에서 빠르게 문진 정도만 할 뿐 어린 언니를 데리고 다른 검사를 하지 못하셨다고 한다. 덕분에 우리가 8개월이 될 때까지 쌍둥이인 줄 모르고 계셨다. 배도 부르고, 안에서 아이들이 신나게 놀기에 아들인가 하고 기대를 하셨을 것이다.

이후 병원에서 쌍둥이라는 말을 듣고 내심 할머니께서는 '아들 쌍둥이면 좋겠구나'라고 생각하셨지만 이렇게 딸 쌍둥이가 태어나 아쉽게도 우리 집은 금세 딸 부잣집이 되어 버린 것이다.

엄마는 농담 반 진담 반으로 우리가 8개월 전에 초음파를 해서 쌍둥이인 줄 알았으면 지금 세상에 없었을 수도 있다는 무시무시한 말씀을 하신 적도 있다.

할머니는 우리 집에 아들자손이 없는 것을 계속 아쉬워 하셨고, 엄마 아빠도 할머니가 원하시기에 아들을 하나 더 낳으시려고 하셨지만 엄마 아빠께 자식은 우리 세 딸로 만족하셔야 했다.

예전 같으면 자식은 아들이 최고라고 하지만, 요즘은 아들보다 더 듬직한 딸이 좋다고 한다.

우리 집엔 딸의 역할과 아들의 역할까지 거뜬하게 해내는 우리들이 엄마 아빠를 아들만큼이나, 아니 아들보다도 더 든든하게 해드릴 것이다.

***

괜찮아요 수달씨,
그 후 지금도 괜찮아요 수달씨

바쁜 아침에 텔레비전에 들려오는 익숙한 멜로디가 있다.

'따라라라 라라 라라 라 라~ 따라라라 라라 라라 라 라~'

다큐멘터리 〈인간극장〉이 시작하는 멜로디이다.

우리 아빠도 〈인간극장〉의 주인공이었다. 2010년 가을 '괜찮아요 수달씨'라는 제목으로 〈인간극장〉에 출연한 적이 있다. 다른 가족들의 이야기들과 마찬가지로 우리 가족의 소소한 일상들을 촬영하여 멋지게 편집하고 방송을 탔다.

'괜찮아요 수달씨'

우리가 무의식적으로 괜찮다는 말을 아빠한테 많이 하고 있다며 지어주신 제목이다.

우리 가족은 긍정적이기에 아픈 아빠여도, 우는 아빠여도, 딸들을 구분 못하는 아빠여도, 어린아이처럼 되어가는 아빠여도, 점점 할 수 있는 것이 줄어드는 아빠여도, 우리의 손길이 더 많이 필요해지는 아빠여도, 우리 곁에 계셔주시기 때문에 괜찮다.

괜찮아요, 수달씨! 우리가 곁에 있으니까요.

'괜찮아요 수달씨'가 우리에게는 일상적인 일과지만 많은 사람들에게는 감동을 주었던 것 같다. 5부작으로 5일 동안 방송되었는데, 텔

레비전을 통해서 우리를 보신 분들로부터 매일 많은 응원메시지와 칭찬메시지를 들을 수 있어 그 시간만큼은 위로를 받고 힘을 내는 또 하나의 원천이 되기도 하였다.

몇 년이 지난 지금도 많은 분들이 〈인간극장〉을 시청하셨다며 우리 가족을 기억해 주시는 분들이 많이 계신데, 과연 우리가 그분들의 격려와 칭찬을 받을 자격이 있는지 부끄러울 때가 있다. 하지만 누군가의 기억 속에 우리 가족이 보기 좋은 아름다운 가족, 행복한 가족으로 비춰지고 기억된다는 것이 참 기쁜 일인 것 같다.

이것만큼은 자신 있게 말할 수 있다.

우리 가족은 2010년이나, 지금이나 아름답고 행복할 것이다. 그리고 앞으로도 계속 그러할 것이다.

괜찮습니다

자상하고 유머러스하고 건강했던 아빠는 우리가 중학교 3학년이 되고 얼마 지나지 않은 2002년 4월 2일 뇌지주막하 출혈로 쓰러지셨습니다. 쓰러질 당시 아빠는 너무 위험한 상태이셨기 때문에 뇌수술도 할 수 없었습니다.

그때는 아빠가 얼마나 심각한 상황인 줄 잘 몰랐습니다.

응급실 앞에서 엄마가 슬프게 우시길래 우리도 따라 울었고 어른들이 옆에서 괜찮을 거라고 걱정하지 말라며 달래주셨기에 그냥 괜찮아지는 줄 알았습니다.

정말…… 괜찮은 것이었을까요?

다른 사람들의 눈으로 보면 괜찮지 않을 수도 있습니다.

아빠는 12년이 지난 지금 혼자서는 아무것도 할 수 없는 어린아이가 되어버렸지만 저희는 괜찮습니다.

'괜찮다'의 사전적 의미는 '별로 나쁘지 않고 보통 이상으로 좋다'라고 합니다.

사전적 의미는 사전적일 뿐 괜찮다는 말은 상대적인 것 같습니다.

우리가 별로 나쁘지 않은 상태, 보통 이상이라는 기준을 어떻게 잡느냐에 따라 아빠는 괜찮을 수도 괜찮지 않을 수도 있다는 것을 알았습니다.

지금 아빠는 괜찮지 않습니다.
하지만 우리가 바라보는 아빠는 괜찮습니다.
아빠가 항상 우리 옆에 계시기 때문입니다.
아빠와 즐겁게 이야기 할 수 있기 때문입니다.
아빠의 노랫소리를 들을 수 있기 때문입니다.
아빠의 웃는 모습을 옆에서 바라볼 수 있기 때문입니다.

괜찮습니다, 괜찮습니다. 정말 괜찮습니다.
그리고 더 괜찮아질 것입니다.

7장 희망 이야기

8장

·

감사 이야기

27살, 적지 않은 나이.
이젠 우리 가족과, 또 우리를 잘 이해해 주는 멋진 사람을 만나보고 싶은
생각이 조심스럽게 들게 되었다.
이런 생각의 변화가 기분 좋은 변화가 되었으면 좋겠다.

✳ ✳ ✳
지금

아빠한테 더 잘 해드려야지 보단
지금의 마음이 변치 않길 바랍니다.

아빠가 더 회복되길 바라기보단
지금의 몸 상태로 오랫동안 가족들 곁에 계셔주시길 바랍니다.

아빠한테 "돈 많이 벌어서 효도할게요"라고 말하며
미래를 약속하기보단
지금 할 수 있는 만큼의 효도를 하며 아빠를 기쁘게
해 드리길 바랍니다.

조금만 더, 더 많이…… 하며 욕심을 부리기보단
욕심을 내려놓고 지금에 만족하며 감사하겠습니다.

생각 바꾸기

우리는 여태껏 남자친구를 사귀어 본 적이 없다.

중학생과 고등학생, 심지어 초등학생도 남자친구가 있는데 우린 이 나이까지 뭐하고 지냈나 하는 생각이 들기도 한다.

가족으로 맺어진 사람이 아닌 다른 사람을 좋아한다는 것. 우리에겐 좀 먼 나라의 이야기 같았다.

누구를 만나서 그 시간을 행복한 감정, 설레는 마음을 느끼며, 아빠와 함께할 시간을 나눠 남자친구랑 보낸다는 것이 아직은 아픈 아빠나 그 시간을 함께하는 엄마에게 미안한 마음이 들었기 때문이다.

하루, 일주일, 한 달 그리고 일 년…… 우리에게 주어진 시간은 늘 부족한데 그 소중한 시간을 아빠와 함께하고 싶었다.

그러다 문득 우리의 생각이 조금 달라졌다는 것을 느꼈다.

27살, 적지 않은 나이.

이젠 우리 가족과, 또 우리를 잘 이해해 주는 멋진 사람을 만나보고 싶은 생각이 조심스럽게 들게 되었다.

이런 생각의 변화가 기분 좋은 변화가 되었으면 좋겠다.

등록금

아빠가 편찮으시기 전에는 아빠의 회사에서 우리들의 등록금을 지원해 주셨다. 원래 회사에서 한 가정에 두 자녀까지밖에 지원이 안되었지만, 우리가 중학교에 들어가던 해에 아빠가 셋째는 자녀도 아니냐며 항의를 하신 덕분에 우리 세 자매 모두 등록금을 지원 받으면서 학교를 다닐 수 있었던 것이다. 발병 이후 몇 년간은 아빠가 퇴직이 아닌 휴직으로 처리되어 우리의 등록금이 아빠 회사에서 지원되었지만 아빠의 복직 가능성이 없다는 것으로 판단돼 결국 퇴직하시게 되었다.

아빠가 퇴직하신 뒤에도 엄마는 우리 세 자매의 등록금을 언제나 정확한 날짜에 내주셨다. 사실 그 당시에는 '우린 학생이고 엄마는 어른이니까'라는 생각에 감사하는 마음을 갖기보다는 당연한 일이라고 생각했던 것 같다. 특히 우리가 다닌 고등학교는 예술고등학교였기 때문에 일반고등학교에 비해서 등록금이 비쌌고 등록금 이외에 실기비, 악기를 배우기 위한 레슨비, 악기를 조율하는 비용 등 등록금 외에도 부수적으로 생각보다 많은 금액이 들었는데, 우리가 쌍둥이였기에 그 액수는 두 배였다.

철없는 고등학교 시절을 지나 대학을 다닐 때는 비싸기로 유명한

음대 등록금이었지만, 엄마는 우리에게 내색하지 않으시면서 바쁘고 정신없는 와중에도 날짜 기한에 맞춰 등록금을 내주셨다. 우리 역시 조금이나마 등록금 부담을 덜어 드리기 위해 공부를 열심히 해서 장학금도 받고 틈틈이 아이들에게 레슨을 하면서 보탬이 되어 드리기 위해 노력했다.

언니까지 3명이 함께 대학을 다녔던 시기도 있었는데 지금 생각해 보면 고지서만 엄마에게 갖다 드렸지 일 년에 두 번씩 목돈을 내야 했던 엄마의 부담감을 헤아리지 못했던 우리가 한없이 부끄럽고 미안한 생각뿐이다.

요즘 대학생 대부분이 빚을 지고 대학을 졸업한다고 하는데 무사히 대학 공부까지 마치게 도와준 엄마!

정말 감사합니다.

선생님 1

아빠가 쓰러지신 2002년도는 우리의 진로 결정에 있어서도 중요한 해였다. 중학교 3학년이었던 우리는 고등학교 입시를 준비하고 있었기 때문이다.

2002년 1월, 레슨 선생님을 처음 만났고 우린 선생님 댁이 있는 양평까지 일주일에 두 번씩 레슨을 다녔다. 선생님 댁 까지는 교통이 좋지 않은 관계로 레슨 가는 길은 항상 엄마가 동행해 주셨고, 우리가 레슨 받는 시간 동안 기다렸다 다시 우리를 데리고 집으로 돌아왔다.

그 당시 우리 집은 천호동이었기 때문에 엄마가 이동시켜 주지 않으면 선생님 댁에서 수업을 받는 것이 어려웠다.

아빠가 쓰러지신 후 엄마는 아빠의 간호에 매달려야 했기 때문에 선생님 댁인 양평으로 레슨 받으러 다니기가 힘들어졌다.

엄마도 우리도 '레슨을 쉬어야 하나? 아니면 그만 두어야 하나?' 하고 고민에 빠져 있던 중, 선생님께서 먼저 번거로움을 감수하시고 우리 집으로 와서 레슨을 해 주신다고 하셨고 그 약속은 대학 입시가 끝날 때까지 계속 되었다.

실기 레슨은 학년이 올라갈수록 횟수도, 시간도 늘어나기 때문에 당연히 선생님께 레슨비도 더 드려야 한다. 하지만 선생님께서는 오히려 "힘드시면 레슨비 안 주셔도 돼요"라고 하시며 늘 우리를 먼저 배려해 주셨다.

우리에게 선생님의 존재는 단순히 스승과 제자의 관계가 아닌 우리들의 '삶의 멘토'로 자리 잡혔다. 엄마가 챙기지 못하는 생일날 아빠로 인해 상처 받지 말라고 엄마와 아빠 대신 외식도 시켜 주시고, 추운 겨울날에 보게 되는 입시 때도 부모님이 함께 못 가시는 것을 염려하여 대신 함께 가서 응원해 주셨다. 우리뿐만 아니라 우리 가족 모두를 위해 기도를 아끼지 않는 감사한 분이시다.

우리가 지금까지 이렇게 성장하여 어른이 될 수 있었던 것은 우리 주위에 계신 감사한 분들 덕분인 것 같다.

✳ ✳ ✳

선생님 2

어느 날 정설주 선생님이 말씀하셨다.

선생님은 아마 우리에게 그러한 이야기를 해 주었다는 사실조차 잊으셨을지도 모르지만, 그 말을 들은 우리에게는 또 한 번의 '감사함'을 느끼게 되는 소중한 한마디의 말이 되었고, 그 한 마디의 말이 우리에게는 '희망'이 되었고 '힘'이 되었다.

"쌍둥아, 아빠가 아프시기는 해도 너희는 참 행복한 거야. 다른 아빠들은 지금(40대 후반정도) 한창 바쁘셔서 가족들 얼굴을 마주할 시간도 없는 아빠들이 많지만, 너희 아빠는 편찮으셔도 늘 가족과 얼굴 맞대며 너희들과 지낼 시간이 많잖아."

그래, 맞다.

아빠와 이렇게 함께할 수 있는 시간이 많이 허락될 수 있는 것이 우리에게 큰 복이다.

지금 내 또래의 친구들 중 우리만큼 아빠 엄마와 함께 나눌 수 있는 시간이 많은 사람들도 없을 것이다. 이것만큼 큰 기쁨이 어디 있겠는가? 오늘도 아빠와 함께하는 시간이 허락되기에 우리는 행복한 쌍둥이 자매이다.

〈인간극장〉 사연

우리가 〈인간극장〉에 신청했던 사연의 내용이다.

저희 집의 이야기를 함께 나누고 싶어서 부족한 글 솜씨지만 몇 자 남기게
되었습니다.

2002년 4월 2일 이전 우리 집은 아주 여유롭진 않지만 경제적으로 크게
어려움도 없었고 가족 간의 사랑을 느끼며 엄마, 아빠, 언니, 저, 쌍둥이
동생. 이렇게 다섯 식구가 살았습니다.

당시 언니는 고등학교 2학년 학생이었고 쌍둥이인 저희는 중학교 3학년
이었습니다. 저희 쌍둥이 자매는 초등학교 시절부터 줄곧 가야금을 배워
왔고 고등학교 입시를 앞두고 있었습니다.

하지만 행복했던 우리 가족을 시기하듯 시련이 다가왔습니다.

아빠께서 뇌출혈로 쓰러지셨던 것입니다.

쓰러진 당시 아빠의 상태는 매우 위독했고, 이 때문에 가족분들, 회사 직
원분들, 아빠의 친구분들 모두가 아빠의 병원에서 밤을 지새우셨습니다.

다행히 많은 분들의 기도와 걱정 덕분에 아빠는 아직 우리 곁에 계십니다.

하지만 아빠는 뇌 손상을 많이 입었습니다.

방금 전의 일을 잘 기억하지 못하시고, 혼자 움직이는 것을 못하시고, 매

시간 먹을 것을 찾으시고, 딸이 성인이 되었는지, 지금이 몇 년도인지, 아빠가 몇 살이신지 잘 모르시고, 가끔…… 조금 자주…… 딸들에게 욕(?)도 해 주시지만, 너무나 사랑하는 우리 아빠는 아직도 우리 곁에서 든든한 아빠로 계십니다.

또 이런 아빠의 모습은 우리가 너무도 감사한 아빠의 모습들입니다. 아빠가 이렇게 되시기까지 엄마께서 고생이 많으셨습니다.

매일 병원을 두 번씩 모시고 다니고 비록 환자의 몸으로 휠체어에 의지하며 지내시지만 강동구의 꽃미남으로 불릴 정도의 패션 리더로 멋지게 꾸며드립니다.

아빠가 처음 편찮으셨을 때의 우리는 어린 학생이었지만 이제는 세 자매모두 사회인이 되어 언니는 직장을 다니고 있고, 저와 제 쌍둥이 동생은 가야금을 전공하여 공연 활동도 하고 초등학교 국악 예술 강사와 중학교방과 후 교사로 활동하고 있으며, 야간엔 대학원도 다니면서 아빠에게 자랑스러운 딸들의 모습으로 살아가고 있습니다.

하루하루를 지날 때마다 우리 가족이 한 마음으로 아빠를 간호할 수 있음에 감사함을 느끼면서 말입니다.

저희들은 다른 사람보다 긴 하루를 살아가고 있습니다.

새벽 다섯 시에 일어나 이른 아침을 먹고 엄마와 함께 몸을 편히 움직이시지 못하는 아빠를 목욕시켜 드립니다.

꽃단장을 마친 아빠는 부랴부랴 준비하여 병원으로 향하십니다. 아침시간을 서둘러야 치료 시간을 맞출 수 있기 때문입니다. 오전, 오후 두 번의병원 치료를 다녀오실 동안 세 딸 들은 각자의 위치에서 일을 하고 일을마치고 귀가를 합니다.

밤에는 쌍둥이가 깨어 있습니다. 밤에 소변을 많이 보시는 아빠의 소변받기와 경기와 같은 예기치 못한 일이 있을까 봐 대학원을 준비하면서 밤을 새던 습관이 이제는 일상으로 다가 왔기 때문입니다.

밤에 잠을 잘 못자고 그렇다고 낮에 자는 것도 아닌 우린 매번 버스에서 잠을 보충하며 조금은 피곤하게, 그러나 사랑의 힘으로 하루를 버티며 살아가고 있습니다.

어찌 우리 집 이야기를 글로 표현할 수 있을까요?

요즘은 가족이 점점 개인화가 되어가고 또 가족 간의 대화도 많이 줄고 있다는데, 날마다 이야깃거리가 넘치고 한마음으로 아빠가 나아지시기를 바라는 저희 집의 이야기를 함께 나누고 싶습니다.

다른 분들이 저희 집 이야기를 들으면 슬픈 상황인데도 웃게 만드는 이야깃거리가 넘치는 집이라고 합니다.

〈인간극장〉이라는 프로그램이 많은 사람들에게 잔잔한 감동을 주고 정말 우리들의 이야기로 친숙하게 다가오는데 저희 집의 이야기를 통해 저희도 방송을 보시는 분들께 희망을 보일 수 있는 기회가 되었으면 좋겠습니다.

벌써 3년 전의 일이다. 이번 책을 쓰면서 신청글을 다시 읽어 보는데 3년밖에 지나지 않았지만 많은 상황이 바뀌었다. 우리는 재학 중이던 대학원을 졸업했고, 아빠의 체력적인 문제로 하루에 두 번씩 다니시던 병원을 이젠 한 번 다니고 계신다. 새벽 다섯 시에 일어나 아침식사를 하던 우리 가족은 아빠의 위루술로 입으로 충분히 음식물을 섭취할 수 없기에 함께 모여 앉아 식사하기보다는 될 수 있으면 각자 아빠가 잘 보이지 않는 곳에서 식사를 하는 편이다. 아빠의 손이 점점 굳어져서 그림을 색칠하던 것도, 도구를 잡던 것도, 사진을 찍을 때 해주던 '브이'도 할 수 없게 되었다.

　나중에 더 나아질 아빠를 희망하며 촬영한 모습들이 지금은 '그때처럼 만이라도……' 하는 생각으로 바뀌어 가슴이 아프다.

　또 얼마만큼의 시간이 지나면 지금 이 모습을 그리워하는 시간도 오겠지?

　그래서 우리 가족은 지금 이 상황에 더 만족하고 감사하며 살아가기 위해 노력 중이다.

⁂ 감사함

감사함이라는 단어는
상대적인 단어인 것 같습니다.

처음에는 아빠가 깨어나 주시기만 한다면
감사하다고 생각했습니다.
아빠가 깨어나시고 나니,
눈을 뜨고 가족을 바라볼 수 있다면 감사하다고 생각했습니다.
아빠와 눈을 맞추게 되자,
대화를 나누게 된다면 감사하다고 생각하게 되었고,
대화를 나눌 수 있게 되니
팔이라도 움직여 주셨으면 감사하다고 생각하게 되었습니다.
그 다음은 다리를 움직여주시길,
그 다음은 지팡이를 짚으며 걸을 수 있길…….

그 다음은 더 많은 회복, 기대,
그리고 '기적'이 일어나기를 바랐던 것 같습니다.
이렇듯 감사함의 기준이 바뀌고, 우리는 욕심쟁이가 되어 갔습니다.

하지만 그 욕심이 결국 우리를 더 힘들게 하더군요.

지금도 우리 가족은 여전히 감사함을 느끼며 살아가고 있습니다.
오늘 하루도 따스한 아침을 맞이할 수 있는 것에 대한 감사,
오늘 하루도 예쁜 옷을 입을 수 있었던 것에 대한 감사,
오늘 하루도 병원 잘 다녀올 수 있었던 것에 대한 감사,
오늘 하루도 가족과 웃으며 보낼 수 있었던 것에 대한 감사,
오늘 하루도 무사히 하루를 마무리 할 수 있는 것에 대한 감사.

늘 기대를 갖고 더 좋은 것을 바라고 갈망하는 감사 말고도
우리 삶 순간순간이 감사로 채워져 있는 것을 느꼈습니다.

그 소소한 감사가 모여 기대를 갖게 되고,
그 기대가 모여 기적이 이뤄 질 수 있다는 것을 깨달았습니다.

그래서 오늘도 감사합니다.

시간이 지나고 나 자신이 성장할수록
작은 일에도 욕심을 버리고 감사함으로 생각하는 것들이 많아지고
있습니다.

고맙습니다

아빠가 쓰러지신 후
아픈 아들을 바라보셔야 했던 할머니,
아들을 대신해 손녀들을 위해
생활을 할 수 있게 도와주신 할머니,
고맙습니다.

아픈 남편을 둔 딸을 바라보며
마음 아파하는 외할머니,
딸을 대신해 손녀딸들의 학창시절 도시락과 끼니를 챙기고
딸의 걱정으로 눈물 흘리시는 외할머니,
고맙습니다.

비가 오는 날이 되면 우리보다 먼저 걱정하고
달려와 주는 이모와 이모부,
때때로 엄마의 술친구가 되어 주고
함께 고민해 주는 이모와 이모부,
고맙습니다.

쌍둥이들이 꿈을 이룰 수 있도록
마음 다해 걱정해 주시고
정성으로 기도해 주시고
아낌없이 격려해 주시고
가르침을 주신 정설주 선생님, 김장수 선생님,
고맙습니다.

아빠의 상태를 누구보다 걱정하고
어려운 일, 힘든 일, 위급한 일이 있을 때
언제나 연락하라고 따뜻하게 마음 써주시는
정범호 선생님, 김희수 선생님을 비롯한
아빠가 지금의 몸 상태를 유지할 수 있도록
치료해 주신 치료사 선생님들
고맙습니다.

아빠의 얼굴에서 큰 웃음을 보이게 하시고
아빠의 추억 가득한 고등학교의 추억을 함께 나누고
10여년이 지나도 변함없이 아빠를 아껴주시고 위해주시는
아빠 친구분들,
병근이 아저씨, 상의 아저씨, 영욱이 아저씨 외
아빠를 기억하시는 분들,
고맙습니다.

아빠를 간호하느라 자신의 삶은 잊은 엄마에게
치유의 시간을 함께해 주시고
여가의 시간을 함께해 주시고
스트레스를 풀 수 있도록 함께 이야기 나눠 주시고
이 모든 걸 먼 길 마다하지 않고 집 근처까지 찾아와주시는
엄마 친구분들,
경순이 이모, 희옥이 이모, 영미 이모,
고맙습니다.

한 달에 한 번 아빠를 잊지 않고 찾아와 주시고
아빠의 나아지는 모습에 함께 기뻐해 주시고
아빠의 아픈 모습에 함께 가슴 아파해 주시고
아빠를 멋진 선배로 기억해 주시는 아빠 후배,
병혁이 삼촌, 진형이 삼촌,
고맙습니다.

친구들과의 모임에 자주 참석하지 못해도
늘 힘내라고 응원해 주고
우리 편이 되어주고
말하지 않아도 이해해 주는
못난 친구 쌍둥이를 기억하는 소중한 친구,
가은, 지희, 정은, 지영, 수리, 정연,
고맙습니다.

즐거운 마음으로 함께 연주하고
연습 시간을 배려해 주고
부족한 모습에도 격려해 주고
기도해 주는 우리 예소울,
세희언니, 효진언니, 은솔언니, 유경이, 소연이,
고맙습니다.

그리고 미처 적지 못했지만
마음 써 주시고, 응원해 주시는
소중한 분들,
고맙습니다.

세상을 살아가는 건
우리끼리가 아닌
도움을 받고, 도움을 주고
힘을 합하여 만들어지는 것임을
마음 깊이 깨닫게 됩니다.